옮긴이 윤진

아주대학교와 서울대학교 대학원에서 불문학을 공
부했으며 프랑스 파리 3대학에서 박사학위를 받았
다.『자서전의 규약』『문학생산의 이론을 위하여』
등의 이론서와『사탄의 태양 아래』『위험한 관계』
『벨아미』『목로주점』『파울리나 1880』『알렉시·은
총의 일격』『주군의 여인』등 프랑스 문학작품을 옮
겼다. 현재 번역출판·기획 네트워크 '사이에' 위원
으로 활동하고 있다.

루

ru

Ru
by Kim Thúy

First published in French (Canada) by Libre Expression, 2009
Copyright © Les Éditions Libre Expression, Montréal, Canada, 2009
Korean translation Copyright © 2019 by Moonji Publishing Co., Ltd.
All rights reserved.

This Korean edition was published by arrangement with Les Éditions
Libre Expression through Sibylle Books Literary Agency, Seoul.

이 책의 한국어판 저작권은 시빌에이전시를 통해 Les Éditions
Libre Expression과 독점 계약한 ㈜문학과지성사에 있습니다.
저작권법에 의해 한국 내에서 보호를 받는 저작물이므로
무단 전재와 무단 복제를 금합니다.

루
ru

킴 투이 장편소설 · 윤진 옮김

문학과지성사

킴 투이 장편소설

루

제1판 제1쇄   2019년 11월 29일
제1판 제7쇄   2024년 6월 3일

지은이   킴 투이
옮긴이   윤진
주간   이근혜
펴낸이   이광호
편집   김은주
펴낸곳   ㈜**문학과지성사**
등록번호   제1993-000098호
주소   04034 서울 마포구 잔다리로7길 18 (서교동 377-20)
전화   02) 338-7224
팩스   02) 323-4180(편집)   02) 338-7221(영업)
전자우편   moonji@moonji.com
홈페이지   www.moonji.com

ISBN 978-89-320-3586-4 03860

이 도서의 국립중앙도서관 출판예정도서목록(CIP)은 서지정보유통지원시스템 홈페이지
(http://seoji.nl.go.kr)와 국가자료공동목록시스템(http://www.nl.go.kr/kolisnet)에서
이용하실 수 있습니다.(CIP제어번호: CIP2019045327)

프랑스어로 'ru[뤼]'는 '실개천'을 뜻하고, 비유적인 의미로 '(눈물, 피, 돈의) 흐름'*을 말한다. 베트남어로 'ru[루]'는 '자장가' '자장가를 불러 재워주다'의 뜻이다.

*　[저자 주] 『프랑스어 통사通史 사전 *Dictionnaire historique de la langue française*』(Robert).

동포들에게

차례

일러두기

1. 이 책은 Kim Thúy의 *ru*(Montréal: Les Éditions Libre Expression, 2009)를 우리말로 옮긴 것이다.
2. 별도의 표기가 없는 본문의 주는 옮긴이의 것이다. 저자 주는 주석에 따로 표기했다.

나는 원숭이해가 시작되던 구정 대공세* 동안에, 집앞에 줄줄이 걸어놓은 폭죽이 터지는 소리와 경기관총 소리가 한데 어우러져 울려 퍼지던 때에 태어났다.

내가 세상에 온 날 사이공의 땅은 폭죽 잔해들로 붉게 물들었다. 버찌 꽃잎처럼 붉은빛이었고, 둘로 갈라진 베트남 도시와 마을에 흩뿌려진 200만 병사의 피처럼 붉은빛이었다.

나는 불꽃이 터지고 빛줄기가 화환처럼 펼쳐지고 로켓과 미사일이 날아다니는 환한 하늘의 그림자에서 태어났다. 나의 탄생은 사라진 다른 생명들을 대신하는 임무를 지녔고, 나의 삶은 어머니의 삶을 이어갈 의무를 지녔다.

---

* 베트남 전쟁 중 1968년 1월 30일 밤부터 북베트남 인민군과 남베트남 민족해방전선이 펼친 대공세.

내 이름은 응우옌 안 띤Nguyễn An Tịnh이
고, 어머니의 이름은 철자 부호만 하나 다른 응우옌 안
띤Nguyễn An Tĩnh이다. 내 이름은 어머니 이름을 조금 바꾸
기만 한 것이다. 어머니 이름의 'i'자 밑에 더해진 점 하
나만이 내가 어머니와 다른 사람이고, 어머니와 구별되
고 어머니와 분리됨을 말해준다. 이름의 의미부터 이미
내가 어머니를 이어갈 것임을 뜻한다. 베트남어로 어머
니의 이름은 '평화로운 환경'을, 내 이름은 '평화로운
내면'을 뜻한다. 바꾸어 써도 무방할 만큼 비슷한 두 이
름을 통해 어머니는 내가 자신의 후속편임을, 자신의
이야기를 이어갈 것임을 확실히 했다.

베트남의 역사, 대문자 H로 시작하는 역사*가 어머
니의 계획을 무너뜨렸다. 베트남의 역사는 우리가 시암
만†을 건너던 30년 전에 어머니의 이름과 내 이름에 붙

---

*   프랑스어 'histoire'에는 '이야기story'와 '역사history'라는 뜻이 있다.
     특히 대문자로 쓴 '역사Histoire'는 역사 속에 일어난 일화적 사건들
     이 아니라 역사의 큰 흐름을 강조한다.
†   인도차이나반도와 말레이반도 사이의 남중국해에 위치한 타이만의
     옛 이름.

은 철자 부호들을 바닷물 속에 던져버렸다. 우리의 이름은 그 안에 담겨 있던 의미를 잃어버린 채 그저 낯선 다른 나라의 소리, 이상한 소리로 프랑스어 속에 남았다. 베트남의 역사는 무엇보다 어머니를 이어가야 한다는 임무에서 나를 떼어냈다. 내가 열 살 때였다.

베트남을 떠나왔기에, 나의 아이들은 나를 잇고 나의 이야기를 이어간 적이 없다. 내 아이들의 이름은 파스칼과 앙리이고, 나를 닮지 않았다. 머리카락이 밝은 색이고 피부가 하얗고 속눈썹은 짙다. 새벽 3시에 자다가 깨어난 아이들이 내 품으로 파고들 때, 생각했던 것처럼 자연스럽게 모성애가 느껴지지는 않았다. 어머니로서의 본능은 한참 뒤에, 밤을 지새우면서, 더러운 기저귀를 갈면서, 해맑은 미소를 보면서, 예기치 못한 기쁨을 맛보면서 그렇게 찾아왔다.

그제야 나는 선창에서 마주 앉았던, 머리에 냄새나는 옴딱지가 가득한 젖먹이를 품에 안고 있던 그 어머니의 사랑을 이해했다. 며칠이고 내 눈앞에는 계속 똑같은 그 모습뿐이었다. 아마 밤에도 똑같았을 것이다. 어차피 천장에 박힌 녹슨 못에 끈을 걸어 매달아놓은 작은 전구 하나가 낮이나 밤이나 똑같은 희미한 불빛으로 선창 안을 비추었다. 배 밑바닥에 모여 앉은 우리에게 낮과 밤은 더 이상 다르지 않았다. 항상 똑같은 그 불빛이 우리를 광대한 바다와 하늘로부터 지켜주었다. 갑판에 앉은 사람들 말로는, 바다의 푸른색과 하늘의 푸른색 사이 경계가 사라졌다고 했다. 우리가 하늘을 향

해 가고 있는지 바닷물 속으로 빠져들고 있는지조차 알
길이 없었다. 우리가 탄 배의 배[腹] 속에는 천국과 지옥
이 얽혀 있었다. 천국은 우리의 삶에 새로운 전기가 마
련된다고, 새로운 미래, 새로운 역사가 시작된다고 약
속했다. 지옥은 우리 앞에 온갖 두려움을 펼쳐놓았다.
해적이 나타날까 봐, 굶주려 죽을까 봐, 엔진 오일이 배
어든 딱딱한 빵을 먹고 병이 날까 봐, 물이 부족할까 봐,
더 이상 일어서지 못하게 될까 봐, 이 사람에서 저 사람
으로 옮겨 다니는 붉은색 단지 안에 또 오줌을 누어야
할까 봐, 아이의 머리를 덮은 옴이 옮을까 봐, 다시는 육
지에 발을 디딜 수 없을까 봐, 희미한 불빛 아래 웅크린
200명 사이 어디엔가 앉아 있을 어머니 아버지의 얼굴
을 다시 보지 못할까 봐 두려웠다.

라츠지아* 연안에서 한밤중에 닻을 올리기 전까지는 배 안의 사람들 대부분에게 한 가지 두려움밖에 없었다. 그들은 공산주의자들이 두려웠고, 그래서 탈출을 결심한 것이다. 하지만 배가 똑같은 수평선이 끝없이 펼쳐진 망망대해로 나온 뒤로 두려움은 100개의 얼굴을 지닌 괴물로 변했다. 그 괴물이 우리의 다리에 톱질을 했고, 다리를 뻗지 못해 근육이 뻣뻣해진 것조차 느끼지 못하게 했다. 두려움에 짓눌린 우리는 두려움에 갇혀 굳어버렸다. 어느 순간부터 우리는 머리에 옴이 가득한 아기의 오줌이 얼굴로 날아와도 눈을 감지 않았다. 다른 사람의 토사물 앞에서도 코를 움켜쥐지 않았다. 누군가의 어깨, 누군가의 다리에 끼어 움직이지 못하고 각자의 두려움에 포로가 되어 굳어버린 채 우리는 아무것도 느끼지 못했다. 그대로 마비되었다.

갑판 위를 걷다가 바닷속으로 사라진 어린 소녀 이야기가 악취 나는 배의 배 속에 마취 가스처럼 혹은 웃

---

*   Rạch Giá: 베트남 남단 카마우반도에 위치한 항구도시.

음 가스처럼 퍼져 나갔고, 그 가스는 우리를 비춰주던 단 하나의 전구를 북극성으로, 엔진 오일이 배어든 딱딱한 빵을 버터 비스킷으로 바꾸어놓았다. 목과 혀와 머리에서 느껴지는 엔진 오일의 맛에 취한 우리는 내 앞에 앉은 여자의 자장가 소리를 들으며 잠에 빠졌다.

아버지는 혹시라도 공산주의자들이
나 해적들에게 잡힐 경우 청산가리 알약으로 가족 전부
를 마치 잠자는 숲속의 공주처럼 영원히 잠들게 할 계
획을 세웠다. 오랫동안 나는 아버지에게 묻고 싶었다.
어째서 우리 스스로 선택할 수 있다고 생각하지 못했는
지, 어째서 살아남을 수 있는 가능성을 우리에게서 미
리 앗아가려고 했는지.

나 자신이 어머니가 되고 나서, 사이공의 저명한 외
과 의사이던 빈 씨가 열두 살짜리 아들부터 다섯 살짜
리 딸까지 자식 다섯을 다섯 차례에 걸쳐 다섯 척의 다
른 배에 태워 바다로 내보낸 이야기를 듣고 나서 나는
더 이상 그런 의문을 품지 않았다. 빈 씨는 공산당 정권
의 위협에서 자식들만이라도 지키고 싶었다. 정작 그의
병원에 발을 들여놓은 적 없는 공산당 동무들을 수술하
다 죽였다는 죄목이었기에, 자신은 죽을 때까지 감옥에
서 나올 수 없으리라 생각한 것이다. 그렇게 다섯 아이
를 배에 태우면서 빈 씨는 그중에 하나라도, 어쩌면 둘
까지 구할 수 있기를 바랐다. 나는 그를 어느 성당의 계
단에서 만났다. 자신이 감옥에서 나올 때까지, 다섯 아
이가 다 자라 어른이 될 때까지, 그 아이들을 하나하나

모두 키워준 사제에게 감사하는 마음으로 그는 그곳에서 겨울에는 눈을 치웠고 여름에는 비질을 했다.

내 아들 앙리가 자기만의 세계에 갇혀 있다는 말을 들었을 때, 귀가 들리지 않는 것도 말을 못 하는 것도 아니지만 우리가 하는 말이 들리지 않고 우리에게 말을 하지도 않는 아이들과 같다는 진단을 받았을 때, 나는 소리치지도 울지도 않았다. 앙리는 만지지 말아야 하고 안으면 안 되고 바라보며 미소 짓지도 말아야 하는, 그냥 멀리서 사랑해야 하는 아이들에 속한다. 우리 살갗이 풍기는 냄새, 우리 목소리에 실린 힘, 우리 머리카락이 스치는 감촉, 우리 심장이 뛰는 소리, 이 모든 것이 그 아이들의 감각 하나하나를 공격하기 때문이다. 프랑스어로 배[梨]를 뜻하는 '푸아르poire'를 '우아' 소리의 둥글고 관능적인 느낌을 실어 발음할 수 있는 내 아들이 사랑을 실어 '엄마'라고 발음하며 나를 부르는 일은 결코 없을 것이다. 그 아이는 자기가 처음으로 미소 지었을 때 내가 왜 그렇게 울었는지 절대 이해하지 못할 것이다. 자기 덕분에 섬광 같은 기쁨 하나하나가 축복이 되었음을, 내가 언제까지나 자폐증과의 싸움을, 시작도 하기 전에 이미 이길 수 없는 싸움이라는 사실을 알면서도 계속 이어갈 것임을 그 아이는 알지 못하리라.

나는 시작하기 전에 이미 졌고, 발가벗겨졌고, 다
비워졌다.

비행기가 미라벨 공항*에 착륙한 뒤 차창 밖으로 난생처음 눈 쌓인 경치를 보았을 때도 나는 다 벗지는 않았지만 발가벗겨진 기분이었다. 캐나다행 비행기에 오르기 전에 말레이시아의 난민 수용소에서 산 오렌지색 반소매 니트 셔츠와 베트남 여자들이 굵은 털실로 짠 스웨터를 입고서도 나는 아무것도 입지 않은 느낌이었다. 비행기 안에서 우리는 입을 다물지 못한 채 넋 나간 얼굴로 창 쪽으로 몰려갔다. 오랫동안 빛이 들지 않는 곳에 있다가 처음 마주한 너무도 하얗고 너무도 순결한 풍경 앞에서 우리는 눈이 부시고, 앞이 잘 보이지 않고, 황홀했다.

우리를 맞아주던 그 모든 이상한 소리들, 그리고 테이블 위에서 서로 질세라 색깔을 뽐내던 알록달록한 카나페, 전채 요리, 작은 파이들과 그 모두를 내려다보던 거대한 얼음 조각상 앞에서 나는 그저 어리둥절했다. 우리를 위해 준비되어 있던 음식들을 하나도 알지 못했지만, 그곳이 환희의 나라, 꿈의 나라라는 것만은

* 캐나다 몬트리올시의 공항.

알 수 있었다. 그때 나는 내 아들 앙리와 같은 상태였다. 귀가 안 들리는 것도 말을 못 하는 것도 아니지만 말을 할 수도 들을 수도 없었다. 꿈을 꾸고 미래로 나아가기 위한, 주어진 현재를 살아가기 위한 좌표와 도구를 모두 잃어버렸다.

우리를 현재가 기다리는 곳으로 데려 가준 것은 캐나다에서의 첫 선생님이었다. 그녀는 우리 그룹의 베트남 아이 일곱 명을 이끌고 현재로 가는 다리를 함께 건너주었다. 미숙아로 태어난 아이를 돌보는 어머니 같은 정성으로, 새 땅에 옮겨 심기는 우리를 돌봐주었다. 선생님의 평퍼짐한 허리, 볼록하게 솟은 풍만한 엉덩이가 느리고 편안하게 흔들리는 모습에 우리는 최면에 걸린 듯 몽롱해졌다. 그녀가 새끼 오리들을 이끄는 어미 오리처럼 앞장서서 안내한 피난처에서 우리는 온갖 색과 그림 그리고 자질구레한 물건들에 둘러싸여 다시 어린아이가 되었다. 고마운 선생님을 나는 영원히 잊지 못할 것이다. 무엇보다 그녀는 낯선 땅에 온 여자아이에게 처음으로 무언가를 바랄 수 있게 해주었다. 그것은 그녀처럼 살찐 엉덩이를 흔들고 싶다는 바람이었다. 나와 같이 있던 베트남 아이들은 그 누구도 그렇게 풍만하고 넉넉한, 편안한 곡선을 갖지 못했다. 우리는 모두 모나고 앙상하고 뻣뻣했다. 나를 향해 몸을 숙인 선생님이 내 두 손을 잡으며 "내 이름은 마리 프랑스란다. 넌?"이라고 물었을 때, 나는 마음속으로 한 음절 한 음절 그대로 따라했다. 눈을 깜빡이지도, 무슨

24

뜻인지 알고 싶어 하지도 않았다. 싱그러움과 경쾌함과 달콤한 향기가 구름처럼 나를 감싸며 포근히 재워주는 것 같았다. 나는 선생님이 말한 단어를 하나도 알아듣지 못했지만, 그 목소리의 선율은 이해했다. 그것으로 충분했다. 넘치도록 충분했다.

어느 날 부모님 앞에서 그 말을 따라 해보았다. "내 이름은 마리 프랑스란다. 넌?" 부모님은 내게 이름을 바꿨냐고 물었다. 바로 그 순간 현실이 다시 나의 발목을 잡았다. 귀가 들리지 않고 말을 못하지 않지만 듣지 못하고 말하지 못하는 나의 현실이 나의 꿈들을, 그러니까 멀리, 앞을 멀리 바라보는 힘을 앗아간 것이다.

나와 달리 프랑스어를 할 줄 알았던 부모님 역시 더 이상 멀리 바라볼 수 없었다. 프랑스어 입문 수업에서, 다시 말해 일주일에 40달러를 받을 수 있는 수강생 명단에서 제외되었기 때문이다. 부모님은 그 수업을 듣기에는 필요 이상의 능력을 갖추었고, 그 수업을 제외한 다른 곳에서는 아무런 능력이 없었다. 자신들의 앞날을 바라볼 수 없게 된 부모님은 그 대신 자식들을 위해서, 자식들의 앞날을 바라보았다.

부모님은 자식들을 위해 칠판을 지우고, 학교의 변기를 청소하고, 냄란*을 말았다. 하지만 부모님의 눈은 칠판과 변기와 냄란을 향하지 않았다. 부모님은 오직 자식들의 미래만을 바라보았다. 그렇게 해서 오빠와 남동생, 그리고 나는 부모님의 눈길이 향하는 곳으로, 그 눈길을 따라 나아갔다. 나는 이미 눈길이 꺼져버린 부모들을 본 적이 있다. 그들은 해적의 몸에 깔려서, 혹은 전쟁 동안의 수용소가 아니라 전쟁이 끝난 뒤의 수용소에서 오랫동안 공산주의 재교육을 받느라 눈빛을 잃었다.

---

* 고기·양파·새우·향채 등을 라이스페이퍼에 말아서 튀긴 베트남 요리.

어렸을 때는 전쟁이 평화의 반대말인 줄 알았다. 하지만 나는 베트남이 전쟁 중일 때는 평화롭게 살았고, 사람들이 무기를 내려놓은 뒤에 오히려 전쟁을 치렀다. 지금의 나는 전쟁과 평화가 친구 사이라고, 둘이 한편이 되어 우리를 조롱한다고 믿는다. 전쟁과 평화는 우리가 어떻게 정의하고 어떤 역할을 부여하든 아랑곳하지 않고 자기들이 필요할 때 멋대로 우리를 적으로 삼는다. 전쟁이든 평화든 겉만 보고 어느 쪽으로 눈길을 향할지 결정해서는 안 된다. 다행히도 부모님의 눈길은 불안한 세태 속에서도 꺼지지 않았다. 어머니는 사이공에서 8학년일 때 교실 칠판에 적혀 있었다는 속담을 나에게 자주 말해주었다. "도이 라 찌엔 쩐, 네우 부온 라 투어 Đời là chiến trận, nếu buồn là thua."(인생이라는 싸움에서는 슬퍼하면 진다.)

어머니는 첫 싸움을 뒤늦게 시작하면서도 슬퍼하지 않았다. 서른네 살, 어머니는 그때 일을 처음 시작했다. 처음엔 가정부로, 다음에는 수작업을 하는 공장 혹은 기계가 돌아가는 공장, 그리고 식당에서 일했다. 이전에, 그러니까 이미 잃어버린 삶에서 어머니는 지방장관이던 할아버지의 맏딸이었다. 어머니가 한 일이라고는 집 안에서 프랑스 요리사와 베트남 요리사 사이의 다툼 중재가 전부였다. 혹은 몰래 연애하다 들킨 하인과 하녀를 불러 혼내기도 했다. 그 외는 남편을 따라 저녁 사교 모임에 참석하기 위해 오후 내내 머리단장과 화장을 하고 옷을 차려입었다. 그런 기막힌 삶을 살던 어머니는 무슨 꿈이든 꿀 수 있었고, 특히 우리를 위해서는 그 어떤 꿈도 불가능하지 않았다. 어머니는 오빠와 동생 그리고 나를 음악가이고 과학자이면서 정치가, 운동도 잘하고 예술도 즐기면서 여러 언어에 능통한 사람으로 키우고 싶어 했다.

멀리서 사람들이 피를 흘리고 포탄이 떨어지는 날들이 이어지자 어머니는 우리에게 하인들처럼 무릎 꿇는 법을 가르쳤다. 매일 바닥 타일을 네 칸씩 닦게 하고, 숙주나물 스무 개를 하나씩 쥐고 뿌리를 다듬게 했다.

다가올 몰락을 준비시키려고 한 것이다. 어머니가 옳았다. 머지않아 우리가 디디고 섰던 마룻바닥이 무너져 내렸다.

처음 말레이시아에 왔을 때 우리는 마룻바닥 없이 적색토 땅에 그대로 누워 자야 했다. 적십자가 보트피플을 수용하기 위해 베트남 인근 지역에 세운 수용소였다. 정확히는, 바닷길에서 살아남은 사람들을 위한 것이었다. 도중에 바다에 빠진 사람들에게는 이름이 없었다. 그들은 이름 없이 죽었다. 우리는 육지에 발을 디디는 행운을 누린 사람들에 속했다. 그래서 우리는 200명을 위해 준비된 수용소를 가득 채운 2,000명의 난민에 끼게 된 것을 축복으로 여겼다.

수용소에서 우리는 외진 언덕 한쪽 비탈에 기둥을 세우고 그 위에 오두막을 지었다. 몇 주 동안 다섯 가구의 스물다섯 명이 인근 숲에서 몰래 나무를 베어 와 무른 점토에 박고, 합판 여섯 장을 붙여 넓은 바닥을 만든 다음 일렉트릭 블루* 빛깔, 그림 같고 장난감같이 새파란 색의 범포를 뼈대에 씌워 지붕을 만들었다. 삼베와 나일론 재질의 쌀 포대도 다행히 오두막의 네 면뿐 아니라 다섯 가구가 공동으로 사용하던 화장실의 세 면까지 가릴 만큼 넉넉히 구할 수 있었다. 우리 손으로 완성한 오두막과 화장실이 함께 서 있는 모습은 흡사 어느 미술관에 전시된 현대 예술가의 설치 작품 같았다. 밤에는 워낙 바싹 붙어 자야 했기 때문에 이불 없이도 전혀 춥지 않았다. 낮에는 지붕의 파란색 천이 흡수한 열기 때문에 오두막 안은 숨 쉬기 힘들 정도로 더웠다. 열기를 식히려고 얹어놓은 나뭇잎과 잔가지와 줄기들 때문에 천 군데군데 구멍이 생겨 비 오는

* 파란색의 한 종류로, 전기의 불꽃에 보이는 색과 유사한 인위적인 느낌의 파란색.

날이면 밤낮으로 비가 흘러내렸다.

비 오는 어느 날 낮 혹은 밤에 어느 안무가가 와서 우리를 보았더라면, 그 지붕 아래 스물다섯 명의 어른과 아이가 각기 통조림 캔을 하나씩 들고 서서 머리 위로 때로는 마구 쏟아지고 때로는 방울져 떨어지는 빗물을 받는 장면을 분명 무대 위에 옮겼을 것이다. 만일 그가 음악가였다면, 빗물이 통조림통 속에 떨어지며 만드는 교향악을 들었을 것이다. 만일 그가 영화감독이었다면, 가련한 사람들 사이에서 자발적 공모가 말없이 이루어지는 그 순간의 아름다움을 포착했을 것이다. 하지만 그 지붕 아래에는 우리밖에 없었다. 점토질의 땅 위로 서서히 내려앉는 합판 바닥 위에 우리끼리 서 있었다. 석 달이 지나자 오두막 바닥이 한쪽으로 상당히 기울었다. 혹시라도 아이들이나 여자들이 잠결에 굴러 내려가 옆 사람의 불룩한 배 위로 올라가는 일이 없도록 서로 자리를 바꾸어야 했다.

매일 밤 기울어진 바다 위로 우리의 꿈이 미끄러져 내려가는 동안에도, 어머니는 자식들의 미래를 위한 꿈을 버리지 않았다. 심지어 공모자까지 한 명 구했다. 젊은 남자였다. 그저 단조롭기만 한 일상의 공허 속에서도 기쁨을 간직하고 때로 호들갑스럽기까지 한 것으로 보아 분명 순진한 남자였다. 어머니는 그와 함께 영어 교실을 열었다. 우리는 오전 내내 그가 불러주는 낱말들을 따라 읽었다. 물론 그 뜻은 알지 못했다. 그래도 우리는 수업을 빼먹지 않았다. 그가 마침내 우리의 하늘을 들어 올려, 수용소에 모인 2,000명의 배설물이 뚜껑도 없이 쌓여 있던 분뇨 구덩이에서 멀리 떨어진 새로운 지평선을 보여주었기 때문이다. 그의 얼굴이 없었더라면 우리는 역겨운 냄새가 진동하지 않고 파리와 벌레가 뒤끓지 않는 새로운 지평선을 상상하지 못했을 것이다. 그의 얼굴이 없었더라면 우리는 매일 늦은 오후의 식량 배급 시간에 땅바닥으로 던져주는 상한 생선을 먹지 않아도 되는 날을 상상하지 못했을 것이다. 그의 얼굴이 없었더라면 우리는 달아나는 우리의 꿈을 붙잡기 위해 손을 뻗겠다는 욕망을 잃고 말았을 것이다.

얼떨결에 우리의 영어 선생님이 된 그와 매일 아침 공부하면서 내가 익힌 문장은 "내가 타고 온 배의 번호는 KGO338입니다"가 전부였다. 그것은 아무런 쓸모가 없는 문장으로 판명되었다. 단 한 번도, 캐나다 파견단이 와서 건강검진을 할 때조차도 그 문장을 쓸 일이 없었다. 의사 선생님은 아예 말을 시키지도 않았다. "보이 오어 걸Boy or girl?" 이렇게 나도 알고 있던 두 단어로 묻는 대신 내 바지의 고무줄을 당겨 성별을 확인했다. 아마도 우리가 너무 마른 탓에 열 살짜리 남자아이와 여자아이가 구별되지 않았을 것이다. 그리고 시간에 쫓기기도 했을 것이다. 문밖에서 기다리는 아이들이 너무 많았다. 좁은 검진실은 숨 막히게 더웠고, 창밖의 비좁은 길에서는 수백 명이 펌프 물을 받으려고 양동이를 들이미느라 법석이었다. 우리의 몸에는 옴과 이가 가득했다. 모두가 길을 잃고 기력을 잃은 얼굴이었다.

나는 원래 말이 없는 편이었다. 때로는 아예 입을 닫아버렸다. 어린 시절 내내 사촌 사오 마이가 나 대신 말해주었다. 나는 사오 마이의 그림자였다. 우리는 같은 나이고 같은 반이고 성별도 같았다. 하지만 사오 마이의 얼굴은 밝은 쪽에 있었고, 내 얼굴은 어두운 쪽에, 그 림자 속에, 침묵 속에 있었다.

어머니는 내가 제대로 말하기를 바랐다. 하찮다기보다는 쓰일 곳이 없어진 모국어 대신, 내가 하루라도 빨리 프랑스어를, 또 영어를 말할 수 있기를 바랐다. 퀘벡에 온 지 2년째 되었을 때 어머니는 나를 영어권 청소년 사관학교*에 보내며 공짜로 영어를 배울 수 있는 방법이라고 했다. 하지만 그 생각은 틀렸다. 공짜가 아니었다. 나는 대가를 지불했다. 그것도 비싸게 지불했다. 청소년 사관학교에는 40명 정도의 학생이 있었는데, 모두 키 크고 혈기 왕성한 아이들, 무엇보다 사춘기 아이들이었다. 그 아이들은 거드름을 피우며 목깃의 주름과 베레모의 각이 제대로 잡혔는지, 군화가 반들반들하게 닦였는지 확인했다. 상급생은 하급생에게 고함을 쳤다. 모두 전쟁이 무엇인지 이해하지도 못한 채 전쟁놀이를, 어처구니없는 놀이를 했다. 나는 그들이 하는 일을 이해할 수 없었다. 우리를 이끌던 상급생도가 어째서 내 옆에 줄 선 아이의 이름을 계속 부르

---

*   캐나다에는 정식 사관학교 외에 청소년을 위한 사관학교 카렛Cadet이 운영된다. 12세 이상의 청소년이 학기 중 정해진 시간과 방학 중 일정 기간의 합숙을 통해 군사교육 프로그램을 이수한다.

는지도 이해하지 못했다. 아마도 나보다 키가 배나 크던 그 아이의 이름을 외우라는 뜻이었으리라. 내가 처음 영어로 한 대화는 훈련 기간이 끝난 뒤 그 아이와 헤어질 때였다. "바이, 애스홀Bye, Asshole."

어머니는 이따금 일부러 내가 지독한 수치심을 느끼도록 몰아갔다. 우리가 처음 입주한 아파트에 살던 어느 날에는 집 바로 아래에 있는 식품점에 설탕 심부름을 보냈다. 나는 식품점에 갔지만 설탕을 사지는 못했다. "설탕을 사기 전에는 들어올 생각 말아!" 어머니는 나를 내보내고 문을 잠가버렸다. 내가 듣지도 못하고 말하지도 못한다는 사실을 잊은 것이다. 나는 식품점이 문을 닫을 때까지 계단 앞에 앉아 있었다. 결국 주인이 나와서 내 손을 잡고 설탕이 있는 곳으로 데려갔다. 내가 '설탕'을 제대로 말하지 못했지만 그는 내 말을 알아들은 것이다.

오랫동안 나는 어머니가 나를 절벽 끝으로 밀어내는 일에 쾌감을 느낀다고 믿었다. 아이를 갖고 난 뒤에야 깨달았다. 어머니는 나를 내보내고 문을 잠근 뒤 렌즈 구멍에 눈을 붙이고 문밖을 내다보았을 것이다. 내가 계단에 앉아 울고 있는 동안 식품점에 전화를 했을 것이다. 그때 어머니가 나를 위해 꿈을 품었고, 무엇보다 새 터전에 뿌리내리고 꿈을 꿀 수단을 마련해주었음을 나는 나중에야 깨달았다.

캐나다에서 보낸 첫해 동안 그랜비는 마치 어미 새가 배의 온기로 알을 품듯 우리를 품어주었다. 그랜비 주민들은 우리를 하나씩 다정하게 안아주었다. 내가 다니던 초등학교의 학생들은 차례를 정해 점심시간마다 우리를 집에 데려갔다. 한 집씩 돌아가며 우리의 점심 식사를 맡은 것이다. 하지만 우리는 매번 거의 배를 채우지 못한 채 학교로 돌아와야 했다. 찰기 없는 쌀밥을 포크로 어떻게 먹는지 알지 못했기 때문이다. 하지만 우리는 이런 밥을 먹어본 적 없다고, 우리를 위해 마트로 달려가서 마지막 남은 '미뉴트 라이스'*를 사 올 필요 없다고 말하지 못했다. 우리는 우리 생각을 말할 수 없었고, 그들이 하는 말을 알아들을 수 없었다. 하지만 상관없다. 중요한 것은 그때 우리가 남긴 접시 위의 쌀 한 톨 한 톨에 너그러움과 감사가 담겨 있었다는 사실이다. 우리가 서로 말을 주고받았더라면 오히려 그 은혜로운 순간이 퇴색되었을지 모른다고, 어떤 감정은 말로 표현되지 않음으로써 더 잘 이해될 수 있다고,

---

*   Minute Rice: 미국과 캐나다에서 판매되는 인스턴트 밥.

지금의 나는 그렇게 생각한다. 클로데트와 키에트 씨, 말을 주고받을 수 없었던 두 사람도 그랬다. 그들은 한동안 서로 어떤 말도 나눌 수 없었지만, 그런 상태에서 키에트 씨는 아무 질문 없이 클로데트의 팔에 자신의 아기를 맡겼다. 거대한 파도가 배를 덮치는 바람에 잃어버렸던 아기, 해변에서 되찾은 아기였다. 아내는 찾지 못했다. 키에트 씨에게는 어머니 없이 다시 태어난 아들만 남았다. 그 아버지와 아들에게 클로데트가 손을 내밀었고, 며칠, 몇 달, 몇 년 동안 자기 집에 머물게 해 주었다.

조안이 나에게 손을 내밀 때 역시 그
랬다. 내가 맥도날드 로고가 박힌 털모자를 쓰고 다녀
도, 학교가 끝난 뒤 50명의 베트남 아이와 함께 트럭 짐
칸에 올라타고 이스턴타운십 들판에 가서 몰래 일하고
와도 조안은 나를 좋아해주었다. 조안은 내가 이듬해에
자기와 같이 사립 고등학교에 가기를 바랐다. 하지만
내가 몇 달러를 벌기 위해 불법으로 강낭콩을 따러 가
느라 바로 그 학교의 운동장에서 농부들의 트럭을 기다
린다는 사실도 알고 있었다.

내가 가장자리에 난 구멍 때문에 88센트로 할인해
팔던 셔츠를 입고 다녀도 조안은 나를 극장에 데려갔
다. 「페임Fame」*을 보고 돌아오는 길에 영화의 주제가도
영어로 가르쳐주었다. "아이 싱 더 보디 일렉트릭I sing
the body electric······" 나는 가사를 이해하지 못했다. 조안이
가족과 함께 벽난로 앞에 둘러앉아 나누는 대화도 알아
들을 수 없었다. 스케이트를 처음 배울 때 넘어진 나를

---

*   1980년에 상영된 미국의 뮤지컬 영화로, 뉴욕 맨해튼의 예술 고등학
교 학생들의 꿈과 도전을 그린다.

일으켜준 것도, 우리 반에서 나보다 덩치가 세 배나 큰 세르주가 터치다운을 하느라 럭비공과 함께 나를 껴안았을 때 박수를 치며 내 이름을 크게 외친 것도 조안이 었다.

어쩌면 조안이 내가 지어낸 이야기 속 인물이 아닐까 싶기도 하다. 그동안 신을 믿는 사람들을 많이 만났지만, 나는 천사를 믿는다. 조안은 천사였다. 그 아이는 우리에게 충격요법을 시행하기 위해 낙하산을 타고 도시로 내려온 천사 군대의 일원이었다. 수십 명씩 짝을 지어 집집마다 따뜻한 옷과 장난감을 선물하고, 우리를 초대하고, 우리에게 꿈을 주던 천사들. 하지만 그들이 주는 것 전부를, 그들이 건네는 미소를 다 받기에는 우리 안에 자리가 부족했다. 생각해보라. 어떻게 주말에 그랜비 동물원을 두 번 이상 갈 수 있었겠는가. 어떻게 주말 내내 자연 속에 머무는 캠핑을 좋아할 수 있었겠는가. 어떻게 메이플시럽을 뿌린 오믈렛의 맛을 즐길 수 있었겠는가.

아버지가 우리의 '보호자', 그러니까 우리 가족을 담당했던 자원봉사자 가족과 팔짱을 끼고 찍은 사진이 있다. 그들은 일요일마다 시간을 내서 우리를 벼룩시장에 데려갔다. 첫 아파트에 입주할 때 퀘벡 정부가 가구 구입비로 지급한 보조금 300달러로 매트리스와 그릇, 침대, 소파, 한마디로 생활필수품들을 마련할 수 있도록 그들이 우리를 대신해서 우렁찬 목소리로 흥정해주었다. 한 상인이 아버지에게 목 끝이 밖으로 말린 커다란 빨간색 스웨터를 선물로 주었다. 아버지는 퀘벡에서의 첫 봄 동안 그 터틀넥 스웨터를 매일 자랑스럽게 입고 다녔다. 그때의 사진에서 아버지의 환한 미소를 보노라면 몸에 꼭 맞는 그 스웨터가 여성용이라는 것을 잊게 된다. 때로는 전부 다 알지 않는 편이 낫다.

물론 우리가 좀 더 알았으면 좋았을 순간들도 있다. 예를 들어 우리가 산 낡은 매트리스에 벼룩이 있다는 것을 알았어야 했다. 물론 사진으로 남지 않은 그런 시시콜콜한 것들은 중요하지 않다. 사실 우리는 그때 우리가 벼룩의 공격에 이미 면역되어 있다고, 그 어떤 벼룩도 말레이시아의 태양 아래서 구릿빛으로 단련된 우리의 살갗을 뚫지 못하리라고 믿었다. 하지만 퀘벡의

찬바람을 맞고 따뜻한 물에 목욕을 하는 동안 우리의 몸은 이미 깨끗해져버렸다. 벼룩에 물리면 가려움을 참지 못해 피가 날 정도로 긁어야 했다.

결국 매트리스들을 내다 버렸다. 함께 사러 갔던 가족에게는 알리지 않았다. 우리에게 친절을 베풀고 시간을 내어준 사람들을 속상하게 만들고 싶지 않았기 때문이다. 그때 우리는 그들의 너그러운 마음을 고마워했지만, 충분히 고마워하지는 못했다. 그때 우리는 시간이 얼마나 비싼 것인지 그 정확한 가치를, 그 귀함을 미처 알지 못했다.

그랜비는 우리에게 1년 내내 지상의 낙원이었다. 나는 세상에 그랜비보다 더 좋은 곳을 상상할 수 없었다. 난민 수용소에 있을 때 못지않게 날벌레들에게 물어뜯기던 때도 우리의 마음은 다르지 않았다. 그 지역의 식물학자가 곤충을 보여주고 싶어 우리를 갈대가 우거진 늪으로 데려갔다. 그는 지난 몇 달간 우리가 난민 수용소에서 파리들과 함께 살았다는 사실을 알지 못했다. 우리 오두막은 분뇨 구덩이 가까이 있었고, 그 분뇨 구덩이 옆에 있던 죽은 나무 한 그루에는 늘 파리들이 달라붙어 있었다. 마치 후추나무의 송이 열매처럼, 코린토스 건포도처럼 가지마다 주렁주렁 매달려 있었다. 너무 많은 수가 너무 거대한 무리를 이루고 있었기에 파리들은 굳이 날아다니지 않아도 늘 우리 눈앞에, 우리 삶 속에 있었다. 우리는 굳이 조용히 하지 않아도 늘 파리 소리를 들을 수 있었다. 하지만 우리를 늪으로 안내한 그랜비의 식물학자는 파리 소리를 듣기 위해, 파리의 말을 알아듣기 위해 작은 소리로 속삭였다.

파리들의 노래가 기억난다. 눈만 감으면 곧바로 파리들이 다시 내 주위를 맴돈다. 말레이시아의 이글거리는 태양 아래서 몇 달 동안 우리는 지면에서 겨우 10센티미터 아래까지 넘칠락 말락 하게 분뇨가 찬 거대한 구덩이 위에 웅크려 앉아야 했다. 전부 열여섯 칸이던 간이 화장실을 열고 들어가 발판 위에 올라설 때면 발을 헛디뎌 발판 사이로 떨어지지 않기 위해 눈을 부릅떠야 했고, 형언하기 힘든 그 갈색을 외면하지 말아야 했다. 균형을 잘 잡아야 했다. 혹시라도 내 똥이 떨어져서, 혹은 옆 칸의 똥 때문에 구덩이 속 분뇨가 튀어 오르더라도 절대 정신을 잃지 말아야 했다. 그런 순간에 나는 파리들의 노래를 들으며 현실에서 벗어났다. 한번은 한 발을 너무 빨리 옮기다가 신발 한 짝을 구덩이에 빠뜨렸다. 내 신발은 분뇨 속으로 침몰하지는 않았고 마치 표류하는 배처럼 그 위를 떠다녔다.

어머니가 나처럼 신발 한 짝을 잃어
버린 다른 아이의 신발을 구해줄 때까지 며칠 동안 맨
발로 다녔다. 일주일 전 구더기들이 기어 다녔던 진흙
을 그대로 밟았다. 비가 쏟아지는 날이면 수백 수천 마
리의 구더기가 메시아의 부름을 받기라도 한 듯 한꺼번
에 분뇨 구덩이에서 기어 나와 우리 오두막이 있는 언
덕 비탈로 몰려왔다. 구더기들은 잠시도 지치지 않고
쓰러지지도 않으면서 쉼 없이 기어 올라왔다. 그렇게
똑같은 속도로 다가오는 구더기 떼가 기어코 우리 발밑
에 이르면 붉은 진흙은 하얀색 카펫으로 변했다. 엄청
난 수의 구더기 앞에서 우리는 싸울 엄두도 내지 못한
채 기권할 수밖에 없었다. 구더기들은 무적無敵이고, 우
리는 속수무책이었다. 결국 비가 그치기를, 그래서 이
번에는 구더기들이 속수무책이 되기를 기다리면서, 우
리는 영토를 확장해나가는 벌레들을 지켜볼 수밖에 없
었다.

공산주의자들이 사이공에 들어왔을
때, 속수무책의 처지가 된 우리는 집의 절반을 내줄 수
밖에 없었다. 집 가운데 벽돌담을 세워 두 곳으로 주소
를 나누었다. 하나는 그대로 우리 집이었고, 다른 하나
는 지역 관할 경찰서가 되었다.

1년 후 새로운 공산당 정부가 수립되자,* 우리가 쓰
던 절반의 공간도 비우라고, 우리 물건을 치워야 한다
고 했다. 사전 통고도 없이, 명령서도 없이, 왜 그래야
하는지 설명도 없이 감독관들이 우리 집 마당에 들이닥
쳤다. 그들은 집 안에 있는 사람 모두를 거실에 모았다.
부모님은 외출 중이었고, 그들은 아르데코 스타일의 안
락의자에 등을 꼿꼿이 세운 채 걸터앉아 기다리는 동안
양쪽 팔걸이에 장식으로 걸쳐놓은, 곱게 자수를 놓은
하얀색 사각형 아마천에 단 한 번도 손을 대지 않았다.
유리창이 끼워진 철문 앞으로 어머니가 먼저 모습을 드
러냈다. 어머니는 짧은 주름치마 차림에 운동화를 신

---

* 　1975년 사이공이 함락된 뒤 남베트남에는 북베트남에 의해 군사정부
　 가 세워졌고, 이듬해인 1976년 남북 베트남이 공식적으로 베트남사
　 회주의공화국으로 통일된다.

고 있었다. 그 뒤로 얼굴에 땀이 미처 다 마르지 않은 아버지가 테니스 라켓을 끌며 들어왔다. 과거의 끝자락을 누리던 우리는 그날 갑자기 찾아온 감독관들과 함께 순식간에 현재로 던져졌다. 그들은 이제부터 집 안을 수색하며 재산목록을 작성할 테니 끝날 때까지 어른들은 모두 거실에 있으라고 명령했다.

우리, 그러니까 아이들은 한 층씩 방마다 뒤지고 다니는 감독관들을 따라다닐 수 있었다. 그들은 정말로 서랍장, 옷장, 화장대, 금고를 모두 확인하고 봉인했다. 심지어 할머니와 할머니의 딸 여섯의 브래지어를 넣어 두는 서랍장까지 봉인했다. 그런데 그 서랍장에만은 내용물을 써 붙이지 않았다. 처음에 나는 그 일을 맡은 청년 감독관이 파리에서 수입해 온 고급 레이스 브래지어를 착용하고 거실에 앉아 있는 여자들의 볼록한 가슴이 떠올라서, 불쑥 솟아오르는 욕망 때문에 손이 떨려 글씨를 쓸 수 없어서 그 서랍장에만큼은 아무것도 적지 못했다고 생각했다. 하지만 틀린 생각이었다. 청년 감독관은 브래지어의 용도를 몰랐다. 그의 눈에는 그 물건이 자기 어머니가 커피를 내릴 때 쓰던 필터, 그러니까 철사로 원을 만들어 한쪽 끝은 꼬아서 손잡이로 쓰게 해놓고 옷감을 고리에 바느질로 붙여놓은 필터를 닮았던 것이다.

그의 어머니는 매일 저녁 하노이 홍강의 롱비엔 다리 아래서 커피가루를 넣은 필터를 알루미늄 주전자의 물에 담갔고, 그렇게 만든 커피를 잔에 따라 행인들에게 팔았다. 겨울이면 남자들이 바닥과 엇비슷한 높이의 벤치에 앉아 이야기를 나누는 동안 그녀는 세 모금밖에 안 될 커피가 식지 않도록 따뜻한 물이 든 사발에 컵을 넣어두었다. 자그마한 테이블 위에 담배 세 개비가 놓인 접시와 작은 기름 램프도 얹어놓았다. 손님들은 그 불빛을 보고 찾아왔다. 청년 감독관은 어린 시절에 매일 아침 여러 번 기운 갈색 천으로 만든 커피 필터와 함께 눈을 떴다. 그것은 때로는 다 마르지 않은 채로 늘 머리 바로 위의 못에 걸려 있었다. 나는 그가 계단 한쪽 구석에서 다른 감독관들과 나누는 얘기를 들었다. 그는 왜 실크 종이까지 깔린 서랍 안에 커피 필터가 그렇게 많이 쌓여 있는지 모르겠다고 했다. 왜 필터가 전부 두 개씩 붙어 있는지 궁금해했고, 커피는 언제나 친구와 함께 둘이 마셔서 그런 것 같다고도 했다.

젊은 감독관은 남부 베트남을 '털북숭이' 미군들의 손에서 해방시키기 위해 열두 살 때부터 정글을 걸었다. 땅굴에서 자고, 연못에 들어가 온종일 수련 아래 몸을 숨기고, 대포가 미끄러지지 않도록 동료들의 시체로 받쳐두는 것을 지켜보고, 헬리콥터 소리와 포탄 소리 속에서 말라리아에 시달리는 밤을 보냈다. 부모의 얼굴은 오래전에 잊었다. 기억나는 것은 흑옥처럼 까맣게 물들인 어머니의 치아뿐이었다.* 그러니 브래지어가 어디에 쓰이는 물건인지 어떻게 알았겠는가. 정글에서는 남자나 여자나 소지품이 똑같았다. 녹색 군모, 낡은 타이어 고무로 만든 샌들, 군복, 그리고 검은색과 하얀색 체크무늬가 있는 스카프. 그들의 소지품 목록 작성은 3초면 충분했지만, 우리 것은 1년이 걸렸다. 감독관으로 온 소년소녀 병사 열 명에게 우리 집 한 층을 내어주어야 했다. 그렇게 우리는 서로 접촉을 피하면서 각자의 공간에서 살았다. 매일 마주칠 수밖에

---

* 동남아시아와 일본 등지에는, 특히 북부 베트남 지역에는 여자들의 치아를 까맣게 물들이는 풍습이 있었다.

없는 수색 시간만이 예외였다. 그들은 우리가 자기들처럼 꼭 필요한 물건들만 소유하고 있는지 매일 확인했다.

하루는 병사 열 명이 우리를 자기들이 사용하는 욕실로 끌고 갔다. 그리고 저녁 식사로 배급받은 생선 한 마리를 우리가 훔쳐갔다고 주장했다. 그들은 화장실 변기를 가리키면서 분명 오늘 아침까지 물고기가 저 안에 있었다고, 틀림없이 팔팔하게 살아 있었다고 했다. 물고기는 어디로 갔을까?

물고기 덕분에 우리는 서로 의사소통을 할 수 있게 되었다. 그 후에 아버지가 몰래 들려준 음악은 그들을 타락시켰다. 나는 피아노 아래 어두운 곳에 앉아서 그들의 얼굴을 보았다. 역사의 증오가 진을 치고 결연하게 새겨진 뺨 위로 눈물이 흘러내렸다. 그날 이후 우리는 더 이상 알 수 없었다. 그들이 적인지 희생자인지, 우리가 그들을 사랑하는지 증오하는지, 두려워하고 있는지 불쌍히 여기고 있는지 혼란스러웠다. 그들 역시 자신들이 우리를 미국인들 손에서 구해냈는지 반대로 우리가 그들을 베트남 정글에서 구해냈는지 알 수 없었다.

하지만 그런 상태는 오래가지 않았다. 꽉 쥔 주먹을 조금씩 풀어지게 하던 아버지의 음악은 곧 옥상 위로 추방되었다. 책이든 노래든 영화든, 힘찬 팔을 뻗어 낫과 망치를, 금성홍기를 흔드는 남녀의 상에 맞지 않는 것은 전부 태우라는 지시가 내려왔기 때문이다. 다시 하늘이 자욱한 연기로 덮였다.

그 병사들은 지금 무엇을 하고 있을까? 공산주의자들이 벽돌 벽을 쌓아 우리 집을 나누던 그때 이후로 많은 것이 변했다. 일 때문에 베트남에 가서 머무는 동안 나는 우리 집에 있던 그 벽을 만들어낸, 수십만 아니 수백만의 삶을 부숴버린 그런 방법을 생각해낸 사람들과 함께 일했다. 물론 탱크들이 처음 우리 집 앞길로 지나가던 1975년 이후로 세상은 많이 달라졌다. 베를린 장벽이 무너졌고, 철의 장막이 사라졌다. 심지어 나는 우리를 침략했던 공산주의자들의 어휘도 배웠다. 과거에 얽매여 있기에는 나는 너무 젊으니까. 하지만 집 안에 벽돌 벽을 쌓는 일만은 절대 하지 않을 것이다. 내 주변에는 벽돌 벽을 좋아하는 사람이 많지만, 나는 절대 반대다. 그들은 벽돌 벽을 쌓으면 실내가 더 따뜻해진다고 말한다.

하노이에서 일하던 첫날, 거리 쪽으로 문이 나 있는 작은 방 앞을 지나갔다. 안에서 남자와 여자가 방 가운데 벽돌 벽을 쌓고 있었다. 벽은 하루하루 높아져서 천장까지 가 닿았다. 내 비서에게 무슨 일인지 아느냐고 물었더니, 두 형제가 한 지붕 아래 살지 않으려고 해서 일어난 일이라고 했다. 30년 전에 승자와 패자 사이에 비슷한 벽을 쌓은 적이 있었을 형제의 어머니는 두 아들이 갈라서는 동안 아무것도 할 수 없었다. 그 어머니는 내가 하노이에 머물던 3년 사이에 세상을 떠났다. 그녀는 큰아들에게는 스위치 없는 선풍기를, 둘째 아들에게는 선풍기 없는 스위치를 물려주었다.

두 형제를 갈라놓은 벽돌 벽을 우리 가족과 공산주의자들을 갈랐던 우리 집의 벽돌 벽과 비교할 수는 없을 것이다. 퀘벡 사람들이 오래된 집들에 쌓는 벽돌 벽 역시 또 다른 이야기일 것이다. 벽마다 제각기 자기만의 이야기를 지니고 있다. 이처럼 뒤로 물러서서 바라볼 여유가 생긴 덕에 나는 호찌민의 오른팔이었던 사람, 그리고 왼팔이었던 사람과 식사하는 동안 원한을 되새기지 않을 수 있었고, 낡은 기고즈* 분유통을 마치 마법의 묘약이라도 담긴 듯 소중하게 안고 기차에 오르던 여자들을 떠올리지 않을 수 있었다. 그 분유통에 들어 있던 것은 그저 '팃짜봉'이라는 음식이었다. 돼지고기 1킬로그램을 삶아 잘게 뜯어 밤새도록 숯불에 말린 뒤, 이틀 동안 희망과 절망을 오가며 줄을 서서 구한 '느억맘'†에 몇 차례 절인 그 음식은 사상 재교육 때문에 교화소에 갇힌 사람들을 위한 마법의 묘약이었다. 그 묘약을 들고 수용소로 찾아간다 한들 아이들

---

*   Guigoz: 1914년부터 판매된 스위스의 분유 상표.

†   멸치 등의 생선을 소금에 절여 발효시킨 베트남 요리의 조미료.

의 아버지를 만날 수 있을지, 심지어 그가 살았는지 죽었는지 다치거나 병들지는 않았는지, 그 어떤 것도 알길이 없었음에도 여자들은 온 정성을 쏟았다. 그 여자들을 떠올리며, 그 여자들이 행한 사랑의 행위를 보존하기위해, 그대로 따라해보기 위해 나는 가끔 아들들에게 그음식을 만들어준다.

내 아들 파스칼에게 사랑은 카드에 하트를 몇 개 그렸는지, 솜털 이불을 뒤집어쓴 채 손전등을 켜놓고 공룡 이야기를 몇 개 들려주었는지로 정해진다. 다른 시간, 다른 곳에서는 '엄지 동자'*의 부모처럼 아이들을 일부러 버리는 행위가 사랑이기도 했다고 아들에게 말해주려면 아직 몇 년을 더 기다려야 한다. 그리고 또, 이런 어머니도 있었다. 나를 배에 태우고 장대를 노 삼아 호아루†의 바위산 봉우리들 사이 물길을 따라가게 해준 여인이었다. 그녀는 딸을 버리고 싶어 했고, 딸을 나에게 주고 싶어 했다. 나더러 자기 대신 딸의 어머니가 되어달라고 했다. 수놓은 식탁보를 팔기 위해 관광객들을 따라다니는 딸을 보니 차라리 딸이 없는 슬픔을 감내하는 편이 낫다고 했다. 그때만 해도 나는 어렸다. 뾰족한 산봉우리들로 둘러싸인 호아루

---

* "Petit Poucet": 구전되어오던 민담으로, 샤를 페로Charles Perrault (1628~1703)의 『교훈이 담긴 옛날이야기』에 수록되었다.

† Hoa Lu: 하노이 남쪽에 위치한 도시로, 뾰족한 바위산 사이로 흐르는 응오동강을 장대 노를 저어 움직이는 대나무 삼판선을 타고 돌아보는 투어가 유명하다.

의 물길을 지나는 동안 그 어머니의 무한한 사랑 대신 장엄한 풍경밖에 보이지 않았다. 이따금 나는 꿈속에서 띠처럼 길게 뻗은 땅 위를 물소들과 함께 달리면서 그 어머니를 부르고 그 딸의 손을 붙잡으려 애쓴다.

파스칼이 더 자라기를 기다렸다가 언젠가 호아루의 어머니 이야기와 엄지 동자 이야기를 함께 들려줄 생각이다. 그때까지는 우선, 시골을 떠나 도시로 가기 위해 관 속에 들어가 감시초소들을 지나야 했던 돼지 이야기를 들려준다. 파스칼은 내가 장례 행렬 속에서 우는 여자들을 흉내 내면 좋아한다. 죽음에 이미 익숙한 감독관들의 눈앞에서, 이마에 띠를 맨 흰옷 차림의 농부들이 말리고 달래는 동안, 여자들은 몸과 영혼을 다 던져 관을 붙잡고 통곡한다. 장례 행렬이 무사히 시내로 들어오고 나면 관은 수시로 주소가 바뀌는 비밀스러운 집으로 들어간다. 그곳에서 농부들이 돼지를 꺼내고 푸주한이 고기를 다듬어 토막을 낸다. 상인들은 그 고기 토막들을 허벅지와 허리에 묶어서 암시장으로 옮기고, 그렇게 고기가 가정으로, 우리에게로 온다.

나는 학교 교실에서는 영원히 자리를 얻지 못할 역사의 한 토막이 기억되기를 바라는 마음으로 파스칼에게 이 이야기를 들려준다.

학교에서 역사를 필수 과목으로 듣는 것 때문에 불평하던 친구들이 기억난다. 아직 어렸던 우리는 역사 수업이 평화로운 나라에서 사는 사람들만 누릴 수 있는 특권이라는 사실을 알지 못했다. 그렇지 않은 곳에서는 각자 매일매일 살아남느라 너무 바빠서 집단의 역사를 쓸 시간이 없다. 얼어붙은 넓은 호수들이 장엄한 고요 속에 펼쳐지고, 단조로울 정도의 평온한 일상이 매일매일 이어지고, 풍선과 색종이 조각과 초콜릿으로 사랑을 기념하는 그런 곳에 살지 않았더라면, 나는 아마도 메콩강 삼각주의 내 증조부 무덤 가까이에서 만난 늙은 여인을 눈여겨보지 못했을 것이다. 그녀는 늙었고, 너무 많이 늙어서 이마에 맺힌 땀이 마치 땅의 고랑을 적시는 실개천처럼 주름살 사이로 흘러내렸다. 등이 굽었고, 너무 많이 굽어서 계단을 내려갈 때는 중심을 잃고 넘어져 머리부터 바닥에 떨어지지 않도록 뒷걸음질로 내려가야 했다. 저 손으로 지금까지 얼마나 많은 벼를 심었을까? 저 발로 얼마나 오랫동안 논의 진흙탕 속에 서 있었을까? 지금까지 논 위로 저물어가는 해를 얼마나 많이 보았을까? 30년, 40년이 흘러 등이 저렇게 접힐 정도로 굽기까지 얼마나 많은 꿈을 밀쳐냈을까?

사람들은 자꾸 잊어버리지만, 남편들과 아들들이 등에 무기를 지고 다니는 동안 여인들이 베트남을 짊어지고 있었다. 우리가 자꾸 그 여인들을 잊는 것은, 그녀들이 원뿔형 모자를 쓴 머리를 들어 하늘을 올려다본 적이 없었기 때문이다. 그녀들은 묵묵히 해가 질 때까지 버텼고, 그런 뒤에는 정신을 잃다시피 잠에 빠졌다. 잠이 밀려오는 동안에도 어디선가 산산조각이 나 있을 아들의 몸을, 혹은 난파선처럼 강 위를 떠다닐 남편의 몸을 떠올렸다. 아메리카 대륙에 끌려온 노예들은 목화밭에서 고통을 노래할 수 있었다. 하지만 베트남 여인들은 하루하루 커져만 가는 슬픔을 그대로 가슴속에 품었다. 그러다 너무 커진 고통의 무게에 더 이상 몸을 일으키지 못했다. 슬픔에 짓눌려 굽고 휜 등뼈를 더 이상 세울 수 없게 된 것이다. 남자들이 정글에서 나와 논두렁길을 걸어 다니기 시작한 뒤에도 여자들의 등에는 여전히 소리 나지 않는 베트남의 역사가 얹혀 있었다. 그렇게 짓눌린 채로 수많은 여자들이 소리 없이 생을 마쳤다.

그중의 한 명, 내가 알던 그 여인은 메기가 가득한

연못가에 만들어놓은 화장실에서 발을 헛디디는 바람에 빠져 죽었다. 플라스틱 슬리퍼가 미끄러진 것이다. 누군가 그곳에 있었다면, 웅크리고 앉아 있던 늙은 여인의 몸을 간신히 가린, 보호해주지는 못하고 그저 둘러싸고만 있던 네 장의 나무판 너머에서 원뿔형 모자가 갑자기 사라지는 순간을 목격했을 것이다. 그녀는 자기가 살던 흙집 뒤편 가족의 분뇨 구덩이에서 두 개의 나무 발판 사이로 머리부터 떨어져 죽었다. 살이 노랗고 살갗이 반들거리는, 비늘이 없고 기억력이 없는 메기들이 그녀를 둘러쌌다.

그녀가 죽은 뒤 나는 일요일마다 하노이 교외에 연꽃이 피는 연못에 갔다. 그곳에 가면 나이 든 여자 두세 명이 둥근 바구니 배로 장대 노를 저어 물 위를 옮겨 다니면서 벌어진 연꽃 봉우리 안에 찻잎을 넣는 광경을 볼 수 있었다. 그녀들은 이튿날 연꽃잎이 시들기 전에 다시 가서 밤새 꽃술의 향기를 빨아들인 찻잎을 하나하나 걷어 왔다. 그녀들이 들려준 말에 따르면, 며칠밖에 살지 못하는 연꽃의 영혼이 그렇게 찻잎 속에 보존될 수 있다.

우리가 처음 만든 크리스마스트리는 사진 속에 그 영혼이 보존되지 못했다. 보조타이어 휠에 하얀색 시트를 덮고 가운데 구멍에 몬트리올 교외의 숲에서 주워 온 나뭇가지들을 꽂은 그 트리는 허전하기도 하고 신비로운 느낌도 없었지만, 그래도 지금 우리가 2.5미터 높이의 전나무에 만드는 크리스마스트리보다 훨씬 아름다웠다.

부모님은 입버릇처럼 우리에게 돈을 물려주지 못할 거라고 말한다. 하지만 나는 부모님이 이미 자신들의 풍요로운 기억을 물려주었다고 믿는다. 그 덕분에 우리는 주렁주렁 송이 지어 매달린 등나무 꽃이 얼마나 아름다운지, 말[言]이란 얼마나 취약한 것인지, 경탄의 순간이 얼마나 큰 힘을 갖는지 알게 되었다. 게다가 부모님은 우리가 꿈을 향해 걸어갈 수 있고 무한까지 나아갈 수 있도록 두 다리를 주었다. 그것이면 스스로 여행하기 위한 짐 가방으로 충분하다. 그보다 많으면, 들고 다녀야 하고 지켜내야 하고 항상 살펴야 하는 재산들이 우리의 여정에 걸림돌이 될 것이다.

베트남 속담에 이런 말이 있다. "머리카락이 긴 사람들만 겁날 게 많다. 머리카락이 없으면 잡아당길 사

람이 없다." 그래서 나는 늘 내 몸에 지닐 수 있는 물건
들만 가지고 다니려 노력한다.

배 타고 베트남을 탈출하면서 우리는 이미 단출하게 여행하는 법을 배웠다. 우리가 따뜻한 옷가지들을 작은 가방에 챙겨 온 것과 달리, 선창 안에서 내 삼촌 옆에 앉았던 한 남자는 가방이 아예 하나도 없었다. 전부 자기 몸에 지녔다. 수영 팬티, 반바지, 바지, 티셔츠, 셔츠를 입고 어깨에 스웨터를 걸친 뒤 나머지는 모두 몸의 구멍 속에 넣었다. 어금니에 다이아몬드를 박고, 나머지 치아들에 금을 씌우고, 미국 달러는 말아서 항문에 밀어 넣었다. 나는 배에서 여자들이 생리대를 벗어 세로 3단으로 접은 달러들을 꺼내는 광경을 본 적도 있다.

나는 아크릴 팔찌를 차고 있었다. 틀니 잇몸의 재료를 써서 만든, 틀니 잇몸처럼 분홍색이던 그 팔찌 안에는 다이아몬드가 채워져 넣었다. 부모님은 두 아들의 셔츠 목 솔기에도 다이아몬드를 넣고 꿰맸다. 하지만 우리 치아에 금을 씌우지는 않았다. 어머니가 자식들의 치아에 손대는 것을 받아들이지 못했기 때문이다. 어머니는 치아와 머리카락은 한 사람의 뿌리라고, 그 사람이 시작된 근원이라고 말하곤 했다. 절대 자식들의 치아에 손을 대면 안 된다고, 완전한 상태로 보존해야 한다고 믿었다.

그래서 어머니는 난민 수용소에서도 자식들의 젖니가 흔들리면 어떻게 해서든 핀셋을 구해 와서 뽑아주었다. 그러고 나서 빠진 치아를 말레이시아의 작열하는 태양 아래 흔들며 보여주었다. 피 묻은 젖니들은 이어 고운 모래사장과 철조망을 배경 삼아 보란 듯이 전시되었다. 어머니는 내 눈을 조금 크게 고치면 좋겠다고, 너무 튀어나온 귀도 살짝 고쳐보자고 말하곤 했다. 하지만 그 외 다른 부분은 아무리 구조적으로 결함이 있어도 절대로 손대면 안 된다고 고집했다. 그러니까 치아는 꼭 완전한 상태여야 했다. 무엇보다 다이아몬드와 치아를 바꿀 수는 없었다. 어머니는 혹시라도 바다에서 태국 해적들에게 붙잡힐 경우 그들이 금니와 다이아몬드가 박힌 어금니를 뽑아간다는 사실도 알고 있었다.

베트남 경찰은 중국 출신 베트남인들이 탄 배가 '몰래' 떠나는 것을 묵인하라는 명령을 받았다. 베트남의 중국인들은 자본가였다. 인종적 배경이나 사용하는 말의 억양이 다른 그들은 공산주의의 적이었다. 그래서 감독관들에게는 중국인들의 재산을 수색할 권리가 주어졌고, 마지막 하나까지, 치욕적일 정도까지 모든 것을 빼앗을 수 있었다. 우리는 중국인이 되기로 했다. 경찰의 암묵적인 동의를 얻어 베트남을 떠나기 위해 조상들의 유전자를 내세우기로 한 것이다.

나의 외증조부가 중국인이었다. 어머니의 할아버지는 열여덟 살에 우연히 베트남에 오게 되었고, 베트남 여인과 결혼해 여덟 자녀를 두었다. 그중 넷은 베트남 국적을 선택했고, 나머지 넷은 중국인이 되기로 했다. 베트남인이 된 넷은 정치가와 과학자가 되었고, 그중 내 외할아버지가 있었다. 중국을 선택한 넷은 쌀장사로 부자가 되었다. 지방장관이던 외할아버지가 중국인이 된 네 명의 형제자매에게 아이들을 베트남 학교에 보내라고 설득했지만 소용이 없었다. 베트남 쪽 일가는 쓰촨어*를 한마디도 알아듣지 못했다. 그렇게 가족은 둘로 나뉘었다. 나라도 둘로 나뉘었다. 미국을 따르는 남쪽, 공산주의를 신봉하는 북쪽으로.

---

* 중국 서남부 내륙 지역 쓰촨성의 언어.

어머니의 오빠인 '쭝' 외삼촌이 두 문화 집단 사이, 두 정치 진영 사이에서 다리 역할을 했다. 사실 '쭝'이라는 이름 자체가 한자리에 모은다는 뜻이다. 나는 쭝 삼촌을 '둘째' 삼촌이라고 불렀다. 베트남 남부 지역에서는 형제자매들을 이름 대신 태어난 순서로, 첫째는 비워두고 둘째부터 시작해서 부르는 전통이 있었기 때문이다.

외할아버지의 장남으로 태어난 둘째 삼촌은 의회 의원이자 야당 대표였다. 총구를 맞댄 양 진영 사이 제3지대에 자리 잡은, 젊은 지식인들로 구성된 정당이었다. 미국을 추종하던 정부가 젊은 이상주의자들이 분노하고 분쟁을 일으키는 것을 달래기 위해 새로운 정당 창립을 용인한 것이다. 그렇게 삼촌은 일약 공적인 스타가 되었다. 한편으로 삼촌이 만든 정당 강령이 동료들을 매혹시켰고, 또 한편으로 로맨스 영화의 주인공 같은 외모 덕에 삼촌은 유권자들에게, 적어도 겉으로는 민주주의로 다가가는 희망의 상징이 되었다. 삼촌은 거침없는 혈기와 카리스마로 그때까지 중국 가족과 베트남 가족 사이에 버티고 있던 경계선을 무너뜨렸다. 삼촌은 정부 각료와 마주 앉아서 종이 부족 사태가 언론

자유에 미치는 영향에 대해 토론하면서 동시에, 베트남 여자들은 원래 왈츠를 추지 않음에도 불구하고, 바로 그 각료의 아내 허리를 감싸 안고 왈츠를 추게 만들 수 있는 사람이었다.

어린 시절 내내 나의 은밀한 소원은 삼촌의 딸이 되는 것이었다. 물론 삼촌은 며칠 동안 딸의 존재를 잊기도 했지만, 삼촌의 딸 사오 마이는 삼촌의 공주였다. 삼촌과 숙모는 마치 프리마돈나를 경배하듯 딸 사오 마이를 떠받들었다. 삼촌은 집에서 파티를 자주 열었는데, 파티가 한창 무르익을 무렵이면 늘 대화를 멈추고 일어나서 사오 마이를 피아노 앞에 앉힌 뒤 연주할 곡목을 소개했다. 사오 마이가「달빛 아래서」*를 치는 짧은 2분 동안 삼촌의 두 눈에는 서툰 솜씨지만 수많은 어른 앞에서 태연하게 포동포동한 손가락으로 피아노를 치는 인형 같은 딸의 모습이 세상의 전부였다. 나는 매번 손님들의 박수 속에서 삼촌이 사오 마이의 코에 입을 맞추는 순간을 기다리며 계단 아래 앉아 있었다. 그렇게 이따금 겨우 2분을 할애한 삼촌의 관심만으로도 사오 마이는 내가 갖지 못한 내면의 힘을 지닐 수 있었다. 먹을 게 없어 배가 고파도, 실컷 먹고 나서 배가 불러도, 사오 마이는 늘 대장이 되어 자기 오

---

* 프랑스의 동요.

빠들과 나에게 거침없이 명령했다.

사오 마이와 나는 함께 자랐다. 내가 사오 마이의 집에 가 있거나 아니면 사오 마이가 우리 집에 와 있었다. 이따금 사오 마이의 집에는 쌀이 한 톨도 남아 있지 않았다. 삼촌 부부가 집을 비우는 동안 하녀들이 아예 쌀독을 들고 사라져버린 것이다. 무엇보다 삼촌 부부는 집을 비우는 일이 잦았다. 하루는 사오 마이의 큰오빠가 냄비 바닥에 눌어붙은 오래된 밥으로 우리를 먹였다. 식용유와 에샬로트*를 넣어 한 끼 식사를 만든 것이다. 납작하게 눌어붙은 그 밥을 다섯 명이 조금씩 긁어 먹었다. 반대로 어떤 날에는 사오 마이의 집에 망고, 용안,† 리치, 로제트 드 리옹,‡ 슈크림이 먹고 또 먹어도 다 먹지 못할 만큼 넘쳐났다.

삼촌과 숙모는 과일을 살 때 색깔이 예쁜 것으로, 향신료는 무조건 향기가 좋은 것으로 골랐다. 아무 기준 없이 충동적으로 살 때도 많았다. 그렇게 만들어진

---

* 중앙아시아 원산인 부추 속의 식물로, 작고 길쭉한 양파의 형태다. 마늘, 염교 등과 비슷하다.
† 리치와 비슷한 과일.
‡ 프랑스 리옹산의 마른 소시지.

음식에는 항상 향연과 퇴폐와 열기의 아우라가 어려 있었다. 삼촌과 숙모는 쌀독이 비어 있어도 걱정하지 않았고, 우리가 시 암송 숙제를 못 끝내도 신경 쓰지 않았다. 삼촌과 숙모는 그저 우리가 망고 과즙이 터지도록 와작 깨물어가며 마음껏 먹기를 바랐다. 우리가 도어스와 실비 바르탕과 미셸 사르두와 비틀스와 캣 스티븐스의 음악 소리에 맞춰 팽이처럼 제자리를 돌고 삼촌과 숙모 주위를 뱅글뱅글 돌기를 바랐다.

우리 집은 늘 식사가 준비되어 있었고, 하녀들도 항상 집에 있었다. 어머니는 숙제도 항상 확인했다. 사오 마이의 집과 반대로 어머니는 바구니에 망고가 열두 개 넘게 남아 있어도 자식 셋한테 두 개만 주며 나눠 먹게 했다. 우리가 그 두 개를 어떻게 나눌지 합의를 보지 못하면 그마저도 가져가버린 뒤, 설사 공평한 방법이 아니더라도 아무튼 망고 두 개를 셋이 나누는 타협점을 찾을 때까지 주지 않았다. 때로 나는 차라리 사오 마이의 집에서 사촌들과 눌어붙은 밥을 먹고 싶었다.

나는 내 어머니와 전혀 다른 어머니
가 되고 싶었다. 집에 빈 방이 두 개 남아 있는데도 두 아
들을 같은 방에 지내게 하기로 마음먹은 날까지는 그랬
다. 나는 두 아들이 나와 오빠 그리고 남동생이 그랬던
것처럼 서로에게 힘이 되는 법을 배우기를 바랐다. 누
군가에게 들은 말인데, 함께 웃는 동안 관계의 끈이 형
성되기는 하지만 그보다 더 중요한 것은 같이 나누는
행위, 나누면서 겪는 좌절이라고 했다. 태어나서 3, 4년
동안 파스칼의 존재 자체를 몰랐던 나의 자폐아 아들이
형이 곁에 있다는 사실을 깨닫게 된 것은 아마도 자다
가 깨서 하나가 울면 나머지 하나도 따라 울어버린 밤
들 덕분일 것이다. 이제 나의 자폐아 아들은 형 품에 안
겨 몸을 웅크릴 때, 낯선 사람 앞에서 형 뒤로 몸을 숨길
때, 몸으로 느껴지는 기쁨을 맛본다. 큰아들 파스칼이
동생의 강박적 집착에 맞추어 기꺼이 왼쪽 신발을 오른
쪽 신발 앞에 놓아주게 된 것 역시 아마도 한밤중에 같
은 방에서 자다가 깨어나 뒤척여야 했던 밤들 덕분일
것이다. 이제 아침에 일어난 동생은 짜증 낼 필요 없이,
쓸데없는 혼란 없이 편안히 하루를 시작한다.

어머니가 자식들한테뿐 아니라 우리 형제와 사촌 형제들 사이에까지 나누는 연습을 시킨 것은 옳았다. 나는 어머니를 사오 마이와 나누어야 했다. 어머니가 조카의 교육을 맡았기 때문이다. 나와 사오 마이는 쌍둥이 자매처럼 같은 학교에 다니면서, 같은 교실에서 짝이 되어 같이 앉았다. 사오 마이는 담임선생님이 자리를 비우면 교탁에 올라가서 선생님의 긴 자를 멋대로 휘둘렀다. 모두 똑같이 다섯 혹은 여섯 살이었지만, 우리와 달리 사오 마이는 선생님의 자를 무서워하지 않았다. 우리와 달리 사오 마이는 늘 귀하게 받들어지며 자랐기 때문이다. 반대로 나는 모두의 시선을 받으며 교실 문을 나설 자신이 없어서 바지에 오줌을 쌀 때까지 손을 들지 못했다. 사오 마이는 내 대답을 따라 하며 놀리는 애들을 사정없이 때려주고, 내가 울 때 놀리는 애들도 호통쳐서 쫓아냈다. 사오 마이는 늘 나를 지켜주었다. 내가 자기 그림자였기 때문이다.

사오 마이는 자기 그림자를 어디든 끌고 다녔다. 하지만 그림자가 주인을 따라 뛰는 강아지처럼 뛰어오게 만들면서 장난을 치기도 했다.

옛 사이공 스포츠클럽에서 테니스 수업이 끝난 뒤 종업원들은 사오 마이와 함께 있는(어차피 나는 늘 사오 마이와 함께 있었다) 나에게는 라임 소다를 가져다주지 않았다. 이미 사오 마이에게 주었기 때문이다. 그 고급 클럽의 울타리 안에는 분명하게 구별되는 두 부류의 인간이 존재했다. 선민選民들과 하인들, 완벽한 흰옷 차림에 왕처럼 대접받는 아이들과 맨발로 공을 줍는 어린 볼보이들. 나는 그 두 부류 어디에도 속하지 않았다. 그저 사오 마이의 그림자였다. 티타임이면 나는 삼촌이 테니스 친구들과 나누는 대화를 엿듣기 위해 사오 마이의 등 뒤에 자리를 잡았다. 사이공 스포츠클럽의 테라스에서 등나무 안락의자에 편안히 앉은 삼촌은 마들렌을 먹으면서 프루스트 이야기를 했다.* 쉴 새 없이 다리를 뻗으며 캉캉 춤을 추는 무희들에 대해서 열광하며 말하기도 했고, 뤽상부르 공원에 놓인 의자들에 대해서도 똑같이 열광적으로 이야기했

---

*   마르셀 프루스트의 소설 『잃어버린 시간을 찾아서』에서 마들렌 과자는 화자가 어린 시절의 기억을 되살리는 매개체가 된다.

다. 삼촌의 이야기를 듣는 동안 우리는 파리에 간 외국인 유학생의 추억을 따라 여행했다. 나는 삼촌의 말을 끊지 않기 위해 삼촌의 의자 뒤에 그림자처럼 숨죽인 채 붙어 앉아 한마디도 놓치지 않으려고 애썼다.

항상 뒤로 물러나 있는 나 때문에 어머니는 자주 화를 냈다. 어둠 속에서 나오라고, 튀어나온 데가 있어야 빛을 받을 수 있다고 했다. 어머니가 나를 어둠에서, 나의 어둠에서 끌어내려고 할 때마다 나는 울음을 터뜨렸다. 울다 지쳐 쓰러질 때까지 버텼다. 찌는 듯이 더운 사이공에서 어머니는 자동차 뒷좌석에 잠든 나를 그대로 두고 내려버렸다. 사람들이 자기 집 거실에서 보내는 시간만큼 많은 시간을 나는 집 앞에 세워둔 차 안에서 보냈다. 차 주위를 맴돌면서 혀를 내밀며 놀리는 아이들 소리에 잠을 깨기도 했다. 어머니는 내가 발버둥 치며 저항하는 만큼 근육에 힘이 생긴다고 믿었다. 시간이 가면서 어머니는 나를 여자로 만드는 데 성공했다. 하지만 절대 공주는 아니었다.

지금 와서 어머니는 나를 공주로 키우지 않은 것을 후회한다. 자식들에게 왕이었던 삼촌과 달리 자신은 딸에게 여왕이 아니라는 사실이 아쉬워진 것이다. 삼촌은 자식들의 시험지에 서명한 적도 성적표를 본 적도 아이들의 손을 씻겨준 적도 없었지만 마지막 순간까지 왕으로 죽었다. 나는 사오 마이와 함께 삼촌의 베스파*도 타봤는데, 그럴 때면 사오 마이는 앞쪽에 서고 나는 뒤쪽에 앉았다. 우리는 학교가 끝난 뒤 교문 앞 타마린드† 나무 아래 서서 삼촌을 기다려야 했다. 아주 오래, 수위가 맹꽁이자물쇠로 학교 문들을 다 잠글 때까지 삼촌이 오지 않을 때가 많았다. 학교 앞에서 절인 망고, 조미료 소금에 찍어먹는 구아버,‡ 시원하게 한 히카마§를 파는 상인들까지 떠나고 난 뒤에야, 석양빛에 눈이 부셔올 때쯤, 타오르는 불길처럼 열정적인

---

* Vespa: 이탈리아 피아조사에서 생산하는 스쿠터.
† 열대 지방에서 자라는 콩과의 상록수.
‡ 라틴아메리카와 동남아시아에서 생산되는 식물로, 열매뿐 아니라 잎과 줄기도 식용으로 쓰인다.
§ 라틴아메리카 원산의 콩과 넝쿨식물이다. 흔히 멕시코 감자로 불리고, 베트남에서는 '얌빈'으로 불린다.

미소를 띤 삼촌이 멀리서 바람에 머리카락을 휘날리며 나타났다.

삼촌이 다가와 양팔로 껴안는 순간 나와 사오 마이는 공주로 변했다. 그 순간 삼촌의 눈에 우리는 세상에서 가장 아름답고 가장 소중한 존재였다. 물론 행복은 스쿠터를 타고 이동하는 동안뿐이었다. 삼촌의 품은 곧 어느 여자의 차지가 되었다. 이전과 같은 여자인 적은 거의 없었지만, 어쨌든 그날은 바로 그 여자가 삼촌의 공주였다. 우리는 새로운 공주의 거실에서 그녀가 더 이상 공주가 아니게 될 때까지 삼촌을 기다렸다. 그 여자들은 자신이 삼촌의 많은 여자들 중 하나일 뿐임을 알면서도 어쨌든 삼촌이 자기를 선택해준 것을 기뻐했다.

내 부모님은 삼촌이 너무 경박하다고 자주 흉을 보았다. 그래서 나는 삼촌이 시킨 적이 없어도 우리가 학교 앞에서 오래 기다리고 모르는 여자의 응접실에서 저녁 시간을 보낸다는 사실을 말하지 않았다. 만일 내가 그 얘기를 했다면 삼촌은 더 이상 우리를 데리러 올 수 없었을 것이다. 그랬다면 나는 공주가 되는 기회를, 내가 건넨 키스가 삼촌의 뺨에서 한 송이 꽃으로 피어나는 기회를 잃어버렸을 것이다. 30년이 흐른 뒤 이제 와서 어머니는 내가 옛날 삼촌에게 건넸던 그 꽃송이 키스를 받고 싶어 한다. 어쩌면 어머니의 눈에 내가 공주가 되었는지도 모르겠다. 하지만 나는 어머니의 딸이다. 그저 딸일 뿐이다.

어머니는 삼촌의 두 아들이 우리처럼 배를 타고 베트남을 떠날 수 있도록 퀘벡에서 돈을 보냈다. 1970년대 말에 첫 보트피플의 탈출이 이어진 이후로 여자아이들은 더 이상 배에 오르지 못했다. 해적을 피할 수 없게 되었기 때문이다. 그것은 바다를 지나려면 거쳐야 하는, 깊은 상흔을 남기는 일종의 통과 의례였다. 결국 사오 마이를 두고 두 오빠만 탈출 버스에 올랐다. 하지만 도중에 붙잡혔다. 그 아버지, 그러니까 나의 삼촌이, 나의 왕이 아들들을 고발한 것이다. 아들들을 바다에서 잃어버릴지 모른다는 두려움 때문이었을까? 아들들이 떠나고 나면 자신에게 가해질 핍박이 두려워서였을까? 나는 그 일을 떠올릴 때마다 생각한다. 자식들에게 끝끝내 말하지 못했지만 삼촌은 아버지인 적이 없었고, 그저 왕이었다. 삼촌은 반공산주의자로 몰려 대중에게 손가락질 당하는 게 두려웠을 것이다. 얼마 전까지 대중의 환호 속에 나섰던 자리에 그런 식으로 되돌아가는 게 두려웠을 것이다. 만일 내가 그때 목소리를 낼 수 있었다면 삼촌에게 말했을 것이다. 아들들을 고발하지 말라고, 나는 삼촌이 우리를 데리러 올 때 매번 늦었고 우리를 두고 여자들과 즐겼던 일을 한 번도 이르지 않았다고.

내 목소리를 끌어내준 것은 크롭탑 셔츠와 핑크색 레깅스를 입고 머리에 꽃을 꽂은 요정 잔이었다. 그녀는 말을 사용하지 않았다. 말 대신 음악으로, 손가락으로, 어깨로 생트파미유 초등학교의 베트남 아이 아홉 명에게 말을 건넸다. 팔을 뻗어서, 턱을 들어 올려서, 숨을 힘껏 들이마셔서, 그렇게 주변의 공간을 자기 것으로 만드는 방법을 알려주었다. 마치 날갯짓하는 요정처럼 우리 주변을 날아다니며 눈빛으로 우리 하나하나를 다정하게 어루만졌다. 그녀가 목을 길게 빼면 어깨와 팔을 지나 손가락 끝까지 하나의 선이 그려졌다. 그녀의 두 다리가 커다란 원을 그리면 그 움직임이 벽을 비질하듯 쓸어내리고 공기를 휘젓는 것 같았다. 나는 그녀에게서 몸속 주름 사이에 숨어 있던 목소리를 끌어내 입술 끝에 이르게 하는 법을 배웠다.

나는 내 목소리를 죽음을 앞둔 삼촌에게 책을 읽어주는 데 사용했다. 사이공 한복판에서, 우엘베크*의 『소립자』에 나오는 성애의 구절들이었다. 나는 더 이상 삼촌의 공주이고 싶지 않았다. 나는 천사가 되어 삼촌이 "베사메, 베사메 무초……" 노래하며 내 손가락을 비엔나커피의 생크림에 빠뜨리던 순간을 불러내주었다.

삼촌의 몸은 차갑게 식고 뻣뻣하게 굳은 뒤에도 자식들과 부인들(전부인과 새 부인), 형제들과 누이들뿐 아니라 생전에 알지 못했던 사람들에 둘러싸였다. 삼촌의 죽음을 슬퍼하는 수많은 사람이 찾아왔다. 사랑하던 연인을 잃은 여자들도 있었고, 좋아하던 스포츠기자를 잃은 이들도 있었다. 어떤 이는 전직 의원을, 어떤 이는 작가를, 화가를 잃었고, 함께 포커를 치던 벗을 잃은 이도 있었다.

그중에 유난히 초라해 보이는 남자가 있었다. 그는

---

* Michel Houellebecq(1958~): 프랑스의 소설가. 68세대의 자식 세대를 주인공으로 하여 성 풍속을 중심으로 사회의 문제를 파헤친 『소립자Les Particules élémentaires』(1998)가 대표작이다.

목깃이 누레진 셔츠와 흘러내리지 않도록 낡은 허리띠로 묶어 주름이 잡힌 바지를 입고 있었다. 멀찌감치, 타오르듯 붉은 화염목 꽃 그늘에 서 있었고, 그 옆에는 진흙 묻은 중국제 자전거가 보였다. 몇 시간을 그렇게 기다린 남자는 사이공 교외 불교 사원에 있는 묘지까지 운구 행렬을 따라 왔다. 그곳에서도 말없이, 움직이지 않고, 혼자 떨어져 있었다. 이모 하나가 다가가서 자전거를 타고 먼 길을 온 이유를 물었다. 삼촌을 아는 사람이었던 걸까? 그는 그렇지 않다고, 하지만 자기는 삼촌이 했던 말들 덕분에 살 수 있었다고, 그 덕분에 매일 아침 일어날 수 있었다고 했다. 그는 자신의 우상을 잃은 것이다. 내가 잃은 것은 우상도 왕도 아니었다. 나는 여자와 정치, 그림과 책에 대해 이야기해주던, 무엇보다 삼촌은 죽는 순간까지 늙지 않았기에, 온갖 경박한 이야기를 들려주던 친구를 잃었다. 삼촌은 시간을 멈춰 세우고 계속 즐겼고, 마지막까지 청년으로 가볍게 살았다.

그러니 어머니는 나의 여왕일 필요가 없다. 내가 아주 가끔 그 뺨에 건네는 키스가 여왕에게 바치는 것만큼 장엄하지 못할지라도, 어머니는 나의 어머니면 족하다.

어머니는 삼촌의 무책임함, 혹은 무
책임할 수 있는 능력을 부러워했다. 어머니는 자신의
동생들이 누리는 왕과 여왕의 지위도 부러워했다. 어머
니의 오빠가 그랬듯이 어머니의 여동생들도 자식들에
게 숭배의 대상이었다. 이유는 모두 달랐다. 한 이모는
아름다워서, 다른 이모는 재능이 뛰어나서, 또 다른 이
모는 똑똑해서……. 내 사촌들의 눈에는 각기 자기 어
머니가 가장 훌륭했다. 나의 어머니는 이모들과 사촌들
을 포함하여 우리 모두에게 그저 무서운 존재였다. 젊
었을 때 어머니는 가족 중 가장 높은 사람이었다. 여동
생들을 챙기며 맏언니 역할을 열성적으로 수행했는데,
그것은 삼촌, 그러니까 주변의 모든 것을 삼켜버리는
존재인 오빠로부터 벗어나기 위한 방법이기도 했다.

어머니는 사실상 가장이었다. 교육부 장관이자 원
장 수녀이고, 베트남 쪽 일가의 대표이사였다. 어머니
는 결정하고, 벌하고, 나쁜 행실을 바로잡고, 이의를 제
기하면 입을 다물게 했다. 회장인 외할아버지는 일상
적인 일들에는 신경 쓰지 않았다. 외할머니는 몇 차례
유산을 겪으며 어린 자식들을 보살피느라 겨를이 없었
다. 어머니의 눈에 삼촌은 이기심과 자기중심주의의 화

신이었다. 그래서 어머니가 나서서 최고 권력을 맡았다. 어머니가 자기 허락 없이 삼촌을 따라 나간 동생들을 욕실에 가둔 적이 있는데, 그때 할머니는 어머니에게 그만 문을 열어주라는 말을 꺼내지도 못했다. 아직 젊었던 어머니는 순진했고, 그래서 자신에게 주어진 권위를 무쇠 주먹처럼 휘둘렀다. 그날 어머니는 늘 무사태평인 오빠를, 그런 오빠를 우러러보는 동생들을 응징한다고 생각했지만, 그것은 애초에 잘못된 계산이었다. 어머니의 동생들은 욕실 안에서도 계속 어머니 없이 재미있게 놀았다. 어머니가 여동생들의 춤이 정숙하지 못하다고 야단치는 동안에도, 젊음의 경박한 즐거움은 마음껏 도망치고 있었다.

그사이, 그러니까 10년 전부터 어머니는 춤에 취미를 붙였다. 탱고, 차차차, 파소도블레를 추면 다른 운동은 안 해도 된다는, 그런 춤들은 관능이나 매혹, 취기 같은 것과 상관없다는 친구들의 설득에 넘어간 것이다. 일주일에 한 번 춤 수업에 다니기 시작한 뒤로 어머니는 이따금 지난날을 아쉬워했다. 낮에 선거운동을 하고 나면 저녁에는 삼촌과 아버지와 다른 열댓 명의 젊은 후보가 둘러앉아 즐길 수 있게 파티를 열어줄 걸 그랬다고 말하기도 했다. 그래서 요즘 어머니는 극장에서 아버지 손을 먼저 잡고, 사진기 앞에서 아버지 뺨에 키스를 한다.

어머니는 그렇게 쉰다섯 살에 비로소 살기 시작했고, 흥분해서 즐기기 시작했고, 새로운 사람이 되었다.

아버지는 새로운 사람이 될 필요가 없었다. 아버지는 원래부터 과거에 연연하지 않고 주어진 순간을 사는 사람이었다. 매 순간이 가장 좋고 유일한 순간인 것처럼 다른 순간과 비교하지 않고, 그 무게를 헤아리려고 하지 않고, 주어진 그대로 만끽하는 사람이었다. 그래서 호텔 계단에서 대걸레질을 할 때도 이전에 리무진을 타고 정부 각료와 전략적 회합을 하러 갈 때와 다름없이 아버지는 주변에 가장 크고 가장 아름다운 행복의 기운을 불어넣었다.

나는 아버지의 그 한결같은 충족감을 물려받았다. 그렇다면 아버지는 그것을 어디서 얻었을까? 열번째 아이로 태어났기 때문일까? 납치된 할아버지를 오래 기다리는 동안 생긴 걸까? 프랑스인들이 아직 베트남을 떠나지 않고 미국인들은 아직 베트남에 들어오지 않았을 때, 베트남의 시골은 프랑스 관리들이 주민들을 분열시키기 위해 심어놓은 폭력배들이 장악하고 있었다. 그들이 부잣집을 골라 사람을 납치한 뒤 몸값으로 못을 사라고 강요하는 일이 비일비재했다. 만일 사지 않겠다고 하면 그 못은 납치된 사람의 귓불에 (혹은 다른 곳에) 박혔다. 할아버지의 가족은 못을 샀다. 돌아온 할아버지는 자식들이 안전하게 교육받을 수 있도록 도시에 사는 사촌들에게 보냈다. 그래서 아버지는 일찍부터 부모와 멀리 떨어져 사는 법을, 머물던 곳을 떠나는 법을, 주어진 현재의 시간을 사랑하는 법을, 과거에 집착하지 않는 법을 배웠다.

아버지가 자신의 진짜 생일이 언제인지 궁금해한 적이 없었던 것 역시 그 때문이다. 아버지의 출생 서류에 등록된 날짜는 폭격이 없고 지뢰가 터지지 않고 인질로 잡혀간 사람이 없는 날들 중 하루였을 것이다. 부모들이 자기 아이가 태어난 날은 숨을 처음 쉰 날이 아니라 정상적인 삶이 처음 찾아온 날이라고 생각했을 수도 있다.

마찬가지로 아버지는 베트남을 떠나온 뒤에 다시 가보고 싶어 하지 않았다. 요즈음 고향 사람들이 부동산 개발업자가 되어 아버지를 찾아온다. 그리고 돌아가서 할아버지 집에 대한 소유권을 주장하라고 권한다. 할아버지 집에는 지금 열 가족이 살고 있다고 한다. 우리가 마지막으로 보았을 때는 소방수로 재교육받은 공산당 병사들의 숙소로 사용되고 있었는데, 그 병사들이 가정을 이루고 그대로 살게 된 것이다. 그들은 자신들이 사는 집이 파리 국립고등교량도로학교 출신의 프랑스 토목기사가 지은 집임을 알고 있을까? 나의 작은할아버지, 그러니까 할아버지의 동생이 프랑스 유학을 보내준 형에게 감사의 표시로 마련한 집이라는 것을 알고 있을까? 그 집에서 열 명의 아이가 자라났고, 그 터전에서 쫓겨난 열 명의 아이는 지금 각자 다른 도시에서 살고 있다는 사실을 알고 있을까? 아니다, 그들은 아무것도 모른다. 알 수 없다. 그들은, 프랑스인들은 베트남을 떠났지만 그 역사를 학교에서 가르칠 수 있기까지는 더 기다려야 했던 시기에 태어났다. 아마도 그들은 몇 년 전에 처음으로 관광객이 오기 전까지는 얼굴에 위장 크림을 바르지 않은 미국인을 가까이서 본 적도 없을 것이다. 그들이 아는 것은 단 하나, 만일 아버지가 그 집의 소유권을 되찾아 개발업자에게 판다면, 진짜 주인인 내 할아버지와 할머니를 그 집에 살게 해준, 제일 좁은 방을 벗어나지 못한 채 삶의 마지막 몇 달을 보내게 해준 대가로 약간의 보상금을 받을 수 있다는 것뿐이었다.

병사였다가 소방수가 되어 할아버지 집에 살던 그들은 저녁이면 술에 취해 미친 듯이 날뛰었고, 할아버지가 아무 말도 하지 못하도록 창문 커튼에 총을 쏘아 댔다. 하지만 할아버지는 내가 태어나기도 전에 뇌졸중으로 쓰러져 어차피 말을 하지 못했다. 나는 할아버지의 목소리를 한 번도 들어보지 못했다.

나는 엄청나게 넓고 다리에 조각 장식이 된 상아 소파 베드에 누운 할아버지밖에 본 적이 없다. 언제나 구겨진 곳 하나 없는 새하얀 잠옷 차림이었다. 결혼을 포기하고 부모님을 돌보던 다섯째 고모가 할아버지의 위생을 철두철미하게 챙겼다. 아주 작은 얼룩도 있어선 안 되고 그 어떤 부주의의 흔적도 용납되지 않았다. 식사 시간에는 하인이 뒤에서 할아버지 등이 굽지 않도록 붙들고 있는 동안 고모가 앞에 앉아 한 숟가락씩 떠 올렸다. 할아버지가 제일 좋아하는 음식은 볶은 돼지고기를 얹은 밥이었다. 돼지고기는 얼핏 보면 다져진 것으로 보일 만큼 잘게 잘랐다. 그렇다고 정말로 다져서는 안 되고, 가로세로 2밀리미터의 작은 조각으로 잘라야 했다. 김이 모락모락 나는 밥에 돼지고기를 얹어 청백색 공기에 내 왔다. 이가 나가지 않도록 얇은 은 테를 두른 그 그릇을 햇빛에 비춰보면 요철들 사이로 반투명한 부분이 있고, 그 자리가 햇빛을 받아 만들어지는 푸른색 음영들이 그릇의 품질을 확인해주었다. 청백색 공기는 10여 년 동안 매일같이 식사 때마다 고모의 손바닥에 정성스럽게 놓여 있었다. 고모는 한 손에 얹은 얇고 따뜻한 그릇에 다른 손으로 간장 몇 방울을 떨어뜨렸고, 황금빛 글씨가 쓰인 빨간색 캔에 들어 있는, 프랑스에서 수입해 온 브르텔 버터* 한 조각을 떠 넣었다. 나도 할아버지 집에 가면 가끔 그 밥을 먹을 수 있었다.

지금은 아버지가 프랑스에 다녀온 친구들에게서 선물받은 브르텔 버터로 내 아들들을 위해 그 밥을 만든다. 아버지가 브르텔 버터에 대해 최상의 수식어를 늘어놓으면 오빠와 동생은 웃는다. 하지만 나는 아버지와 같은 생각이다. 나도 브르텔 버터가 좋다. 브르텔 버터 냄새는 소방수가 된 병사들과 함께 살다가 세상을 떠난 할아버지에게로 데려다준다.

나 역시 아들들을 위해 은 테 두른 청백색 공기에 아이스크림을 잘 내온다. 그 그릇들은 할아버지, 할머니가 돌아가신 뒤 집에서 쫓겨난 고모가 내게 물려준 유일한 물건이다. 승려가 된 고모는 야자 농장 뒤편의 흙집에서 아무것도 소유하지 않은 채로 살았다. 고모가

---

*   1871년 외젠 브르텔Eugène Bretel이 동생 아돌프 브르텔Adolphe Bretel과 함께 세운 프랑스 노르망디의 버터 제조 회사.

가진 물건이라고는 매트리스 없는 나무 침대와 백단 나무 부채, 그리고 할아버지가 쓰던 그 그릇들이 전부였다. 그릇을 나한테 남겨달라는 말에 고모는 잠시 망설였다. 고모에게는 그것이 이 세상의 근심과 연결된 마지막 끈이었던 것이다. 고모는 내가 다녀온 뒤 얼마 되지 않아 그 흙집에서 죽었다. 인근 절의 비구니들이 임종을 지켰다.

일 때문에 베트남에서 지낸 3년 동안 나는 사이공에서 250킬로미터밖에 떨어지지 않은 아버지의 고향에는 찾아가지 않았다. 어릴 때 할아버지 집에 다녀오려면 열두 시간이 걸렸다. 몸이 덜 흔들리도록 어머니가 차 바닥에 베개들을 깔아주었지만, 나는 늘 멀미로 고생했다. 길은 군데군데 깊게 패어 있었다. 밤에는 공산당 반군이 와서 지뢰를 묻었고, 낮에는 친미 정부의 군인들이 와서 지뢰를 제거했다. 때로 지뢰가 터지기도 했다. 그러면 군인들이 와서 땅을 메우고 찢겨나간 시신들을 수습할 때까지 몇 시간이고 기다려야 했다. 언젠가 한 여인의 몸이 산산조각 나고 갈가리 찢긴 노란 호박꽃들이 주위에 흩어져 있었다. 호박을 팔러 시장에 가던 여인이었을 것이다. 어쩌면 군인들이 길가에서 그 여인의 죽은 아기도 찾아냈을 것이다. 아닐 수도 있다. 어쩌면 그녀의 남편은 정글에서 죽었을 것이다. 어쩌면 그날 죽은 여인은 외할아버지 집 앞에서 사랑을 잃은 그 여인일지도 모른다.

깜깜한 트럭 화물칸에 앉아 딸기나 강낭콩을 따러 가던 때 어머니가 들려준 이야기였다. 매일 아침 외할아버지의 집 앞에 서 있던 여자가 있었다. 날품팔이꾼이던 그녀는 매일 아침 그 자리에 서서 자기에게 일거리를 주는 남자를 기다렸다. 그리고 매일 아침 외할아버지의 정원사가 바나나 잎에 싼 찰밥을 그녀에게 건네주었다. 그리고 매일 아침 그녀는 파라고무나무* 농장으로 향하는 트럭 짐칸에 서서 할아버지의 정원사가 부겐빌레아† 정원으로 멀어지는 모습을 지켜보았다. 어느 날 아침 늘 흙길을 건너 아침을 가져다주던 남자가 나타나지 않았다. 그리고 다음 날도…… 또 다음 날도…… 어느 날 저녁 그녀는 내 어머니를 찾아와 물음표가 가득 그려진 쪽지 한 장을 건넸다. 아무 내용도 없이 물음표들뿐이었다. 그날 이후 어머니는 인부들을 태우고 떠나는 트럭에서 그 여인을 볼 수 없었다. 그녀는 고무나무 농장에도 부겐빌레아 정원에도 나타

---

*   아마존강 유역 파라 지역 원산으로 동남아시아에서 많이 자라나는 낙엽수.
†   분꽃과의 덩굴성 관목으로, 진분홍색 꽃이 핀다.

나지 않았다. 외할아버지의 정원사가 결혼을 원했지만 그의 부모가 허락하지 않았다는 사실을 알지 못한 채 떠난 것이다. 정원사의 부모가 외할아버지를 찾아와 아들을 다른 도시로 보내달라고 청했고 할아버지가 그 청을 받아들였다는 사실을 아무도 그녀에게 말해주지 않았다. 그녀가 사랑하던 정원사는 편지 한 장 남기지 못하고 떠날 수밖에 없었다는 사실을 말해준 사람도 없었다. 그녀는 글을 쓰지도 읽지도 못했고, 남자들과 함께 일하러 다니는, 피부가 햇볕에 심하게 그을린 여자였기 때문이다.

나무딸기밭이나 농장에서 일한 적 없는 지라르 부인 역시 피부가 햇볕에 그을린 것 같았다. 그녀는 집안일을 해줄 사람을 찾다가 나의 어머니를 고용했다. 하지만 어머니가 처음 그 집에 간 날까지 단 한 번도 빗자루를 쥐어본 적이 없다는 사실은 알지 못했다. 지라르 부인은 마릴린 먼로처럼 백금빛 금발이었고, 눈은 파란색, 진짜 새파란 색이었다. 남편 지라르 씨는 갈색 머리였고, 휘황찬란한 구형 자동차를 자랑스러워했다. 지라르 씨는 잔디가 깔끔하게 깎여 있고 입구에는 양옆으로 꽃들이 늘어선, 방마다 양탄자가 깔린 하얀색 집에 이따금 우리를 초대했다. 그들은 우리 식구가 꿈꾸던 아메리칸드림의 화신이었다.

지라르 씨의 딸은 롤러스케이트 수업에 나를 데려가주었다. 그리고 너무 작아져 못 입게 된 원피스들도 내게 주었다. 나는 그중 양쪽 어깨에서 묶는 멜빵 같은 끈이 달리고 하얀색의 작은 꽃무늬들이 있는 여름용 면 원피스를 여름에는 그냥 입고, 겨울에는 흰 터틀넥 셔츠를 속에 받쳐 입었다. 처음 몇 해 겨울 동안 우리는 계절마다 입는 옷이 따로 있다는 것을, 가진 옷들로 그냥 입어서는 안 된다는 사실을 알지 못했다. 그때 우리는 날씨가 추워지면 어느 계절 옷이든 상관없이, 마치 노숙자들처럼 되는대로 껴입었다.

　　　　아버지는 30년이 지난 뒤 지라르 씨의 소식을 들었다. 지라르 씨는 옛날에 살던 집을 떠났다. 아내와도 헤어졌다. 지라르 씨의 딸은 목표를, 삶의 의미를 찾기 위해 안식년 중이라고 했다. 그들의 소식을 전해 들으며 나는 죄책감에 가까운 기분을 느꼈다. 어쩌면 아메리칸드림을 지나치게 간절히 바라던 우리가 지라르 씨네 가족에게서 그 꿈을 훔쳐 와버린 게 아닐까.

나 역시 첫 친구였던 조안의 소식을 30년 만에 들었다. 조안은 전화 통화를 할 때도 직접 만난 자리에서도 나를 알아보지 못했다. 30년 전에는 내 말을 들어본 적도 나와 대화를 나눠본 적도 없었기 때문이다. 조안에게 나는 듣지도 말하지도 못하는 아이였다. 30년 전에 조안은 외과 의사가 되고 싶어 했고, 나는 학교에서 진로 상담을 할 때마다 조안을 따라 외과 의사가 되고 싶다고 대답했다. 다시 만난 조안은 자신이 그랬다는 것조차 기억하지 못했다.

나는 진로 상담 교사에게 매해 불려갔다. 지적 장애에 가까운 IQ 테스트 결과와 학교 성적의 차이가 너무 컸기 때문이다. 나는 그때 왜 자크 카르티에*의 여행기는 암송하면서 '주사기, 해부용 칼, 메스, 두개골' 중에 나머지 셋과 다른 것을 찾아내지 못했을까? 누군가 특별하게 가르쳐준 것, 전해준 것, 건네준 것, 나는 오

---

* Jacques Cartier(1491~1557): 프랑스의 탐험가로, 프랑수아 1세의 명으로 중국과의 무역 항로를 찾기 위해 떠나 캐나다 지역을 처음으로 탐험했다. 캐나다 동부 연안에 이르러 생로랑강 부근을 새로운 프랑스를 뜻하는 '누벨프랑스'로 이름 붙인다.

직 그런 것만을 알았다. 그래서 '애지중지' '태닝 숍' '승마' 같은 단어는 모르고 '외과 의사'라는 단어는 알았다. 캐나다 국가는 부를 줄 알았고 「오리들의 춤」*이나 생일 축하 노래는 부르지 못했다. 나는 우연히 알게 된 것들을 쌓아나갔을 뿐이다. 내 아들 앙리가 '엄마'라고 말하지 못하면서 '배'를 말할 수 있는 것과 같다. 나와 내 아들은 단계적인 발달이나 논리에 따르는 정해진 길이 아닌, 곳곳에 에움길이 있고 매복이 숨어 있는 정형화되지 않은 길로 배워 나간다. 나의 꿈들 역시 그런 식으로, 만남들과 친구들, 그리고 다른 사람들을 통해 그려졌다.

---

* 「오리들의 춤La danse des canards」: 1957년 스위스의 아코디언 연주가 베르너 토마스Werner Thomas가 작곡한 노래. 퀘벡에서 1982년 나탈리 시마르Nathalie Simard가 불러 큰 인기를 얻었다. 우리나라에도 '세상 사람들이 모두가 천사라면'이라는 제목으로 번안되었다.

많은 이민자가 아메리칸드림을 실현
했다. 워싱턴 D.C.든 퀘벡이든 보스턴이든 리무스키*
든 토론토든, 30년 전 우리가 그 도시들에서 찾는 주소
지는 지나는 길에 펼쳐진, 정원에 장미가 만발하고 수
백 년 된 나무들과 육중한 석조 주택들이 늘어선 동네
가 아니었다. 지금은 여섯째 이모 부부가 그런 동네에
서 산다. 이모와 이모부는 비행기 일등석을 타고, 스튜
어디스에게 초콜릿과 샴페인을 먹지 않는다고 알리기
위해 의자 등받이에 쪽지를 붙여놓는다. 이모부는 30년
전 말레이시아의 난민 수용소에서 영양실조로 고생하
면서 생후 8개월 된 딸보다 느릿느릿 기어 다녔다. 이모
는 딸에게 먹일 우유를 사기 위해 바늘 하나로 삯바느
질을 했다. 30년 전 우리는 전기도 수도도 없는 어두컴
컴한 곳에서 이모네 식구와 함께 살았다. 사생활 같은
것은 꿈도 꾸지 못했다. 지금 우리는 이모네 집이 너무
크다고, 그래서 늘어난 대가족이 다 모여도 북아메리카

---

*   Rimouski: 캐나다 퀘백주의 도시로, 제조업이 발달했고 교통의 중심
     지다.

땅에 첫발을 디딘 뒤 몇 해 동안 우리 집에 모여 새벽까지 즐기던 때만큼 신나지 않는다고 불평한다.

그때 우리는 스물다섯 명, 때로는 서른 명이었다. 팬우드에서, 몬트필리어에서, 스프링필드에서, 궬프*에서 와서 크리스마스 휴가 내내 몬트리올의 방 세 개짜리 좁은 아파트에서 함께 지냈다. 혼자 자고 싶은 사람은 욕조로 들어가야 했다. 그게 싫으면 나란히 누울 수밖에 없었다. 우리는 밤새도록 이야기를 나누고, 같이 웃고, 다투기도 했다. 그때 우리가 주고받은 선물들은 하나같이 진짜 선물이었다. 무엇보다 희생으로 얻은 선물이고, 서로의 욕구와 욕망과 꿈에 대한 응답이었기 때문이다. 며칠이고 밤새도록 바짝 붙어 지낸 우리는 서로의 꿈을 잘 알 수밖에 없었다. 그때 우리의 꿈은 모두 같았다. 오랫동안 우리는 모두 아메리칸드림이라는 똑같은 꿈을 꾸었다.

* 궬프Guelph는 캐나다 온타리오주의 도시이고, 팬우드Fanwood는 미국 뉴저지주, 몬트필리어Montpelier는 버몬트주, 스프링필드Springfield는 미주리주의 도시이다.

내가 열다섯 살이었을 때, 닭 가공 공장에서 일하던 여섯째 이모가 나에게 차(茶)를 선물했다. 중국 선녀들과 벚꽃나무, 붉은색과 황금색과 검은색 구름이 그려진 정육면체 알루미늄 통이었다. 이모는 각기 다른 직업이 적힌 열 개의 쪽지를 반으로 접어 찻잎들 사이에 끼워 넣었다. 기자, 가구세공인, 외교관, 변호사, 패션 디자이너, 스튜어디스, 작가, 인도주의 활동가, 영화감독, 정치가. 이모가 날 위해 꿈꾸던 직업들이었다. 이모의 선물은 내게 다른 직업들이 더 있다는 것을, 나만의 꿈을 꾸어도 된다는 것을 가르쳐주었다.

아메리칸드림은 실현된 뒤에도 우리를 떠나지 않고 곁가지나 혹처럼 계속 달라붙어 있었다. 하노이에서 하이힐을 신고 몸에 붙는 스커트 차림으로 서류 가방을 들고 빈곤 아동을 위한 요리학교에 처음 찾아갔을 때, 내가 앉은 테이블에 음식을 내오던 젊은 종업원이 내가 베트남어로 말하는 것을 보고 어리둥절해했다. 처음에는 남부 억양 때문에 내 말을 못 알아듣는 줄 알았다. 식사가 끝난 뒤 이유를 묻자 종업원은 순진한 표정으로 내가 살이 쪄서 베트남 사람이 아닌 줄 알았다고 대답했다.

나는 함께 간 캐나다 사업가들에게 그 말을 통역해주었고, 그들은 지금도 그때 얘기를 하며 웃는다. 나는 그날 종업원이 말한 것이 45킬로그램의 내 몸무게가 아니라 나를 두툼하고 통통하고 무겁게 만든 아메리칸드림이었다는 사실을 나중에야 깨달았다. 아메리칸드림 덕분에 나의 목소리에는 자신감이 실리고 동작은 단호하고 욕망은 분명했으며 걸음걸이가 빠르고 시선에 힘이 실렸다. 아메리칸드림 덕분에 나는 무엇이든 가질 수 있다고 믿었다. 기사가 운전하는 차를 타고 다니면서 동시에 베트남 여인이 눈앞이 흐려질 만큼 땀을 흘리며 녹슨 자전거에 싣고 가는 호박의 무게를 가늠해볼 수 있다고 믿었다. 미국 달러로 두둑한 지갑을 가진 남자들을 홀리느라 허리를 흔드는 베트남 아가씨들과 같은 리듬으로 춤출 수 있다고 믿었다. 고국에 귀환해 넓은 저택에 살면서 동시에 맨발로 등교하는 아이들을 교차로에 운동장도 없이 바로 거리로 문이 나 있는 학교까지 데려다줄 수 있다고 믿었다.

하지만 그날 그 종업원의 말로 인해 깨달았다. 전부 가질 수는 없다. 더 이상 허약하지 않기에, 불안하지도 두렵지도 않기에 나는 베트남인으로 나설 권리가 없다. 그날 그 종업원이 옳았다.

사장이 몬트리올 신문에서 오려낸 기사를 보여준 것도 그즈음이었다. 퀘벡은 코카서스족*의 나라라고 강조하는 기사였다. 퀘벡이 나의 아메리칸드림을 실현시켜주었다고 해도, 지난 30년 동안 나의 요람이 되어주었다고 해도, 그 기사에 따르면 나는 옆으로 찢어진 눈을 가졌기에 무조건 예외적 부류가 된다. 그렇다면 나는 누구를 사랑해야 할까? 아무도 사랑하지 말아야 할까? 아니면 하나하나 따로 사랑해야 할까? 나는 누구에게도 속하지 않고 모두를 사랑하기로 했다. 그래서 생펠리시앵†에서 영어로 춤을 청한 남자를 사랑했다. "팔로 더 가이Follow the guy." 그가 내게 말했다. 나는 '백인 남편'을 에스코트해주는 대가로 얼마를 받느냐고 묻던 다낭의 인력거꾼도 사랑한다. 그리고 하노이의 시장 한구석에 주저앉아 두부 한 모를 5센트에 팔던 여자도 자주 떠올린다. 그녀는 옆 동료들에게 내가 일본 여자라고, 베트남어가 참 빨리 는다고 했다.

---

*   인종을 지리적 기준으로 나눌 때, 코카서스족(유럽, 아메리카, 중동 일
     대에 분포하는 백색 인종), 니그로족, 몽골족이 3대 인종이다.
†   Saint-Félicien: 퀘벡주의 도시.

맞는 말이었다. 나는 모국어를 너무 일찍 버린 탓에 다시 배워야 했다. 더구나 내가 태어났을 때는 베트남이 둘로 나뉘어 있었기에 어차피 모국어를 완전하게 배울 수 없었다. 남쪽 출신이던 나는 베트남에 돌아오기 전까지 북쪽 사람들의 말을 제대로 들어본 적도 없었다. 북쪽 사람들 역시 통일 전에는 남쪽 사람들의 말을 들을 기회가 없었다. 캐나다와 마찬가지로 베트남의 두 지역이 각자 자기들만의 언어를 사용하던 때였다. 북쪽의 언어는 당면한 정치적·사회적·경제적 상황에 맞추어 변화했다. 그래서 북쪽의 언어에는 지붕 위에 설치한 경기관총으로 비행기를 어떻게 격추시킬지, 글루탐산나트륨으로 어떻게 혈액을 빨리 응고시킬지, 공습경보가 울릴 때 어떻게 방공호를 빨리 찾을지 설명하기 위한 단어들이 생겨났다. 그동안 남쪽의 언어에는 코카콜라 방울이 혓바닥 위에서 톡톡 튀는 느낌을 설명하기 위한, 거리에 숨어 있는 첩자들과 반군들, 공산당 동조자들을 지칭하기 위한, 미군들의 광란의 밤에서 태어난 아이들을 부르기 위한 새로운 단어들이 생겨났다.

여섯째 이모부가 아내, 그러니까 나
의 여섯째 이모와 어린 딸을 데리고 우리와 함께　배
에 오를 수 있었던 것은 미군들 덕분이었다. 이모부의
아버지가 얼음을 팔아 큰돈을 번 것이다. 미군들은 가
로 1미터에 세로와 높이가 20센티미터인 얼음판을 침
대 밑에 깔고 자기 위해서 마구 사들였다. 몇 주 동안 베
트남의 정글에서 공포에 떨며 땀을 흘리고 난 몸을 식
혀야 했던 것이다. 그들은 사람과 살을 비비면서 위안
을 얻되 자기 몸과 시간당 돈을 주고 산 여자의 몸에서
뿜어 나오는 열기는 느끼지 않아야 했다. 버몬트나 몬
태나의 공기처럼 시원한 공기를 느껴야 했다. 팔의 털
을 만져보러 다가오는 베트남 어린아이의 손안에 수류
탄이 숨겨져 있지는 않은지 잔뜩 긴장했던 불안에서 벗
어나기 위해 시원해져야 했다. 몸이 잘려나간 채 비명
을 지르던 동료들의 목소리 대신 거짓 사랑의 말을 귀
에 속삭여주는 보드라운 입술에 매번 넘어가지 않기 위
해 서늘해져야 했다. 자기 아이를 가진 여인들에게 절
대 자기 이름을 성姓까지 다 가르쳐주지 않은 채 버려두
고 떠나기 위해서 차가워져야 했다.

미군이 남긴 아이들은 어머니의 직업 때문에 또 아버지의 직업 때문에 배척당했고, 대부분 고아가 되어 거리를 떠돌았다. 그 아이들은 전쟁의 감춰진 얼굴이었다. 미군이 떠나고 30년 뒤 미국이 그 군인들을 대신해 상처받은 아이들을 거두기로 했다. 미국은 아이들의 더럽혀진 신분을 지우고 새로운 신분을 만들어주었다. 그중 일부는 태어나서 처음으로 주소를, 머물 곳을, 온전한 삶을 얻었다. 하지만 일부는 갑자기 주어진 풍족함에 적응하지 못했다.

뉴욕 경찰을 위해 통역을 하면서 그 아이들 중 성인이 된 사람을 만난 적이 있다. 그녀는 문맹이고, 브롱스의 거리를 배회했다. 버스를 타고 맨해튼에 왔지만 버스를 어디서 탔는지는 알지 못했다. 그 버스가 사이공 우체국 앞에 박스로 만들어놓은 자기 침대로 데려다주기를 꿈꾸었을 뿐이다. 그녀는 계속 자기는 베트남 사람이라고 주장했다. 밀크커피 빛깔의 피부, 억센 곱슬머리, 아프리카 흑인의 피에도 불구하고, 수없이 겪은 상처에도 불구하고, 자기는 베트남 사람이라고, 무조건 베트남 사람이라고 끊임없이 되뇌었다. 그녀는 고향 정글로 돌아가고 싶다고, 그렇게 경찰에게 통역해달라고 애원했다. 하지만 뉴욕 경찰이 할 수 있는 것은 그녀를 브롱스의 정글에 다시 풀어주는 것뿐이었다. 할 수만 있다면 내 품에 안기라고 말하고 싶었다. 할 수만 있다면 그녀의 몸 위에 난 더러운 손자국들을 지워주고 싶었다. 그녀는 나와 나이가 같았다. 아니다. 나는 그녀와 나이가 같다고 말할 자격이 없다. 그녀의 나이는 살아온 햇수, 달수, 날수가 아니라 얻어맞는 동안 본 별들의 개수, 그것일 테니까.

지금도 가끔 그 여자가 생각난다. 그녀가 뉴욕에서 살아남았을 확률은 얼마나 될까? 아직 뉴욕에 있을까? 그때 그 경찰도 나처럼 그녀를 계속 생각할까? 프린스턴 대학교에서 통계학 박사가 된 여섯째 이모부라면 그녀가 겪었을 위험과 장애물의 수를 계산해줄 수 있을까?

나는 이모부에게 이것저것 계산해달라고 한다. 물론 이모부는 한 해 여름 동안 매일 아침 나를 영어 수업에 데려다주느라 운전한 거리가 총 몇 킬로미터인지, 나에게 사준 책을 다 더하면 몇 권인지, 이모와 함께 나를 위해 계획한 꿈이 전부 몇 가지인지 한 번도 계산해보지 않았다. 나는 이모부에게 이것저것 해달라고 요구한다. 하지만 안 씨가 살아남았을 확률을 계산해달라는 말은 차마 하지 못했다.

안 씨는 우리 가족과 같은 버스를 타고 그랜비에 왔다. 그는 여름이나 겨울이나 늘 발코니에 나와 있었다. 담배를 손가락 사이에 쥐고, 벽에 등을 기댄 채 두 발은 발코니 난간에 올려놓았다. 그는 우리 옆집에 살았다. 오랫동안 나는 그가 말을 못 하는 줄 알았다. 만일 지금 만났다면 자폐증이라고 생각했을 것이다. 어느 날 아침 이슬 때문에 한 발이 난간에서 미끄러지면서 그가 쾅! 하고 고꾸라졌다. 쾅! 그가 몇 차례 "쾅!" 하고 외쳤다. 그러더니 웃음을 터뜨렸다. 나는 그를 일으켜주기 위해 다가가서 무릎을 꿇었다. 그는 내 팔을 잡고 몸을 기댔지만, 몸을 일으키지는 않았다. 그는 울었다. 계속 울었다. 그러다 갑자기 울음을 그치더니 고개를 돌려 하늘을 쳐다보았다. 그는 하늘이 무슨 색이냐고 물었다. 푸른색이었다. 그는 엄지손가락은 하늘로 치켜들고 둘째손가락으로는 나의 관자놀이를 가리키더니 아직도 하늘이 푸르냐고 물었다.

그랜비 산업단지의 장화 공장에서 바닥 청소를 하기 전에 그는 판사이고 교수이고 미국 대학 출신이고 아버지이고 죄수였다. 장화 공장의 고무 냄새와 사이공 법원 사이에는 2년 동안의 사상 교육이 있었다. 판사로서 공산당 동포들을 재판했다는 게 그의 죄목이었다. 교화소에서는 그가 재판을 받는 쪽이었다. 그는 전쟁의 패자 편에 섰던 다른 수백 명과 함께 줄지어 서야 했다.

교화소는 정글로 둘러싸여 세상에서 고립된 곳이었다. 그곳에서 반동분자이자 민족의 배신자, 미국인들을 위해 일한 부역자였던 자신들의 행동을 반성하고 공개 자아비판을 해야 했다. 나무를 베고 옥수수를 심고 지뢰를 제거하면서 어떻게 속죄할지 생각해야 했다.

쇠사슬 고리들처럼 이어진 하루하루가 지났다. 첫 번째 고리는 그들의 목에, 마지막 고리는 지구의 중심에 묶인 것 같았다. 어느 날 아침, 쇠사슬이 짧아지는 순간이 왔다. 병사들이 안 씨를 끌어내 진흙 속에 무릎을 꿇렸다. 고개를 드니 맨 살갗에 누더기만 걸친 옛 동료들의 겁에 질린, 공허한, 마주 보기를 피하는 눈길들이 있었다. 권총의 뜨거운 쇳덩이가 관자놀이에 와 닿았을 때 그는 마지막 저항의 몸짓으로 고개를 들어 하늘을 보았다. 그리고 그때 처음으로 하늘의 푸른색이 한 가지 색이 아니라 각기 강렬함을 간직한 여러 음영陰影을 띤다는 사실을 깨달았다. 그 순간 푸른색의 여러 음영이 한데 어우러져 반짝이는 바람에 그는 눈이 부셔서 아무것도 볼 수 없었다. 그리고 그 고요한 순간에 찰칵하고 방아쇠가 당겨졌다. 아무 소리도 들리지 않았고, 총알도 나오지 않았다. 피 대신 땀이 흘렀다. 그날 밤새도록 그의 눈앞에 낮에 본 푸른색의 음영들이, 마치 계속 되풀이해서 상영되는 영화처럼 쉼 없이 줄지어 지나갔다.

그는 살아남았다. 하늘이 그의 쇠사슬을 끊어주고, 그를 구해주고, 그를 풀어주었다. 하지만 다른 많은 이들이 하늘의 푸른색 음영들을 헤아리지 못한 채 컨테이너 안에서 질식해 죽고 말라 죽었다. 그래서 안 씨는 그들을 위해, 그들과 함께, 매일 하늘의 푸른색 음영들을 헤아렸다.

그렇게 안 씨는 나에게 한 가지 색이 갖는 음영들을 알게 해주었다. 그리고 민 씨는 나에게 글을 쓰고 싶은 욕망을 일깨워주었다. 나는 그를 아버지가 배달부로 일하던 코트데네주* 거리의 중국 식당에서 처음 만났다. 빨간 비닐이 덮인 긴 의자에 앉아 있을 때였다. 나는 아버지의 일이 끝나기를 기다리며 숙제를 하고 있었고, 그는 일방통행 거리들과 집 주소들, 그리고 피해야 할 손님들 이름을 적고 있었다. 그는 잔뜩 긴장한 채 소르본 대학교에서 프랑스 문학을 공부하던 때와 똑같은 진지함과 열의로 배달부가 될 준비를 했다. 그를 구해준 것은 하늘이 아니라 글쓰기였다. 교화소에 있는 동안 그는 책을 쓰고 또 썼다. 가진 종이가 한 장밖에 없었기에 한 페이지를 쓰고 나면 그 위에 또 한 페이지를 썼고, 한 장章을 끝내면 그 위에 또 한 장을 끝냈다. 그렇게 이어지지 않는 이야기들을 쓰고 또 썼다. 그 글쓰기가 없었더라면 그는 지금 눈이 녹는 소리를, 나

---

*   Côte-des-Neiges: 몬트리올의 거리로, 이민자들이 많이 모여 살던 곳이다. 프랑스어로 '눈이 내리는 곳'이라는 뜻이다.

뭇잎이 돋아나는 소리를, 구름이 흘러가는 소리를 들을
수 없었을 것이다. 글을 쓰다 생각이 막히고 글이 별표
[*]로 지워지고 쉼표가 글의 짜임새를 만드는 것을 보
지 못했을 것이다. 저녁이면 그는 부엌에서 나무로 깎
아놓은 오리, 기러기, 물수리, 청둥오리 앞에 앉았다. 그
것들을 주문받은 색채표에 따라 칠하면서, 마치 주문
을 외우듯, 허공 속을 걷듯, 자기만의 사전에 들어 있
는 어휘들을 나에게 불러주었다. 동전상銅錢狀의, 구슬프
게 울다, 4채널 방식, 임종 시의, 주머니벌레, 대수학, 출
혈……

베트남에 평화가 찾아왔을 때, 혹은 막 끝난 전쟁의 여파가 남아 있던 시기에, 사람들은 각자 다른 방식으로 구원받았다. 우리 가족을 구한 것은 안 피였다.

　　안 피는 부모님이 알고 지내던 친구의 아들이고, 아버지가 밤중에 우리 집 4층 발코니에서 밖으로 던진 금주머니를 찾아주었다. 그날 낮에 부모님은 긴 끈을 복도에 늘어뜨려놓고 나에게 우리 집에 같이 살고 있던 열 명의 병사 중 누구라도 우리가 사는 층으로 올라오려고 하면 곧바로 그 끈을 잡아당기라고 했다. 그런 뒤에 몇 시간 동안 욕실에서 분홍색과 검정색 타일들 아래 숨겨둔 금박들과 다이아몬드들을 꺼냈고, 그것들을 갈색 종이 봉지로 조심스럽게 여러 겹 싸서 바깥으로 던졌다. 부모님의 계획대로 그 물건은 무너진 맞은편 집의 잔해 속에 떨어졌다.

　　그 시기에 베트남의 어린이들은 민족의 영도자 호찌민을 향한 감사의 표시로 나무를 심어야 했고, 또 무너진 건물들을 뒤져 깨지지 않은 벽돌들을 주워야 했다. 그래서 내가 금 꾸러미를 찾기 위해 앞집을 뒤지고 다녀도 의심을 사지 않을 수 있었다. 하지만 병사들 중

하나가 늘 문을 지키면서 우리가 누굴 만나고 어딜 가는지 계속 확인했기 때문에 조심하지 않을 수 없었다. 나는 지켜보는 병사를 너무 의식한 탓에 금 꾸러미가 있을 만한 자리를 너무 빨리 지나쳤고, 그래서 두 번이나 가고도 찾지 못했다. 결국 부모님은 안 피에게 부탁했고, 무너진 집터를 돌아본 안 피는 벽돌을 가득 채운 주머니를 들고 돌아갔다.

금 꾸러미는 며칠 뒤에 우리 부모님에게 전해졌고, 이어 우리를 탈출시켜줄 조직책에게 전달되었다. 금은 모두 그대로 있었다. 전쟁 직후 지극히 혼란스럽던 그 시기에는 굶주림이 이성을 누르고 불확실성이 도덕을 대신하는 일이 다반사였다. 그 반대는 아주 드물었다. 안 피와 그의 어머니가 바로 그런 예외였다. 그들은 우리의 영웅이 되었다.

　　　　사실 안 피는 우리에게 2.5킬로그램
의 금을 그대로 돌려주기 전부터 나의 영웅이었다. 우리
식구가 그 집에 놀러 가면 늘 문 앞에 혼자 나와 있던 나
에게 그는 다른 아이들과 같이 놀라고 하는 대신 곁에
앉았고, 마술로 내 귀 뒤에서 사탕이 나타나게 해주었기
때문이다.

　　안 피를 만나러, 이제는 내가 사탕을 주러 텍사스
에 간 것이 내가 부모님 없이 혼자 한 첫 여행이었다. 우
리는 그가 다니던 대학 기숙사의 싱글 침대에 몸을 기
대고 나란히 바닥에 앉았다. 나는 그에게 물었다. 쌀이
부족해서 그의 어머니가 보리, 수수, 옥수수를 섞어 간
신히 아들 넷을 먹이던 때였는데 어째서 금 꾸러미를
온전하게 돌려주었는지, 무엇을 위해 그토록 영웅적으
로 정직했는지. 그러자 그는 웃었고, 베개를 들어 나를
쳤다. 그러면서 우리 부모님이 그 돈으로 배를 탈 수 있
기를 바랐다고, 안 그러면 자기가 골려줄 소녀를 다시
볼 수 없었을 테니 그랬다고 했다. 그는 여전히 영웅이
었다. 영웅이 되지 않을 수 없었기에, 자신이 영웅이라
는 것도 알지 못하고 영웅이기를 바라지도 않으면서 영
웅이 되었기에 진정한 영웅이었다.

나는 사무실 맞은편의 사원 담벼락에서 돼지고기를 굽던 아가씨에게 영웅이 되고 싶었다. 그녀는 거의 말없이 일만 했다. 구운 돼지고기를 얇게 썰어 미리 4분의 3 정도 칼집을 내둔 바게트* 안에 넣었다. 오랜 세월 쌓인 기름때로 시커메진 양철통 속 탄炭에 불이 붙고 나면 얼굴이 잘 보이지도 않았다. 연기와 재 때문에 그녀는 숨도 쉬기 힘들고, 눈물이 흘렀다. 옆에서 그녀의 의붓오빠가 손님을 맞았고, 배수로와 붙어 있는 인도 끝에 놓인 물 항아리 두 개로 하는 설거지도 그 오빠의 몫이었다. 그녀는 열다섯 또는 열여섯 살이었다. 흐릿한 눈빛과 뺨 위의 그을음과 재에도 불구하고 눈부시게 아름다웠다.

　　어느 날 그녀의 머리카락에 불이 붙었다. 폴리에스테르 셔츠까지 조금 태웠을 때 의붓오빠가 간신히 설거지 구정물을 그녀의 머리에 부어 불을 껐다. 그녀는 상추, 가늘게 썬 파파야, 고추, 느억맘 소스를 뒤집어썼다.

---

* 　프랑스의 식민지였던 베트남은 프랑스 빵 바게트 안에 고기와 채소, 소스 등을 넣은 '반미' 샌드위치를 많이 먹는다.

나는 이튿날 점심시간 전에 그녀를 찾아갔다. 사무실에 와서 청소를 해달라고, 요리 수업과 영어 수업에 등록 시켜주겠다고 했다. 그때 나는 내가 그녀의 가장 큰 꿈을 이루어줄 수 있으리라 확신했다. 그런데 그녀는 거절했다. 말없이, 고개를 저으며, 전부 거절했다. 그녀의 눈길을 연기 없는 지평선으로 돌려놓지 못한 채, 그녀를 하노이의 길모퉁이에 버려둔 채, 나는 하노이를 떠나왔다. 안 피와 달리, 베트남에서 영웅으로 밝혀진, 영웅이라 불리는, 영웅으로 지목된 많은 사람과 달리, 나는 영웅이 되지 못했다.

포문砲門에서 태어난 평화는 필연적으로 수백 수천의 용감한 전사, 영웅의 일화를 낳는다. 공산주의 북베트남의 승리 이후 처음 몇 년 동안 역사책에는 그 영웅들이 모두 실릴 자리가 부족했다. 그래서 그들의 이야기는 수학 책으로 옮겨갔다. 콩 동지가 하루에 비행기를 두 대 격추시키면 일주일 동안 전부 몇 대가 격추될까?

학교에서는 더 이상 바나나와 파인애플의 수를 세는 법을 배우지 않았다. 그 대신 죽고 부상당하고 포로가 된 병사의 수, 애국적이고 위대하게 채색된 승리의 수를 계산하느라 교실은 거대한 리스크 게임*으로 변했다. 하지만 채색은 오직 말 속에서 이루어졌을 뿐이다. 그림들은 모두 단색이었다. 사람들도 마찬가지였다. 아마도 현실의 음울한 측면을 잊지 못하게 하려고 그랬을 것이다. 우리는 모두 검은색 바지에 짙은 색 셔츠를 입어야 했다. 안 그랬다가는 카키색 제복을 입은 병사들

---

* 보드게임의 일종으로, 세계 대륙의 영토를 놓고 벌이는 일종의 전쟁 게임이다.

에게 붙잡혀 초소로 끌려가고 심문과 재교육을 받아야 했다. 눈썹을 그리고 파란 아이새도를 칠한 여자애들도 잡혀갔다. 그 화장을 보면서 그들은 눈언저리가 멍든 거라고, 자본주의의 폭력에 당한 거라고 믿었다. 어쩌면 공산주의 베트남의 첫번째 국기에 있던 푸른색이 없어진 것 역시 그 때문일까.*

---

* 현재 베트남의 국기는 1940년 프랑스 식민 통치에 반기를 든 코친차이나 봉기에서 처음 사용된 금성홍기이다. 통일 이전 민족해방전선이 남베트남에 세운 남베트남공화국의 국기는 가운데 별은 그대로이지만 바탕이 위쪽은 붉은색, 아래쪽은 푸른색이었다.

남편은 노란 별이 그려진 붉은색 티셔츠를 입고 몬트리올 거리를 지나다가 베트남 사람들한테 괴롭힘을 당했다. 나의 부모님도 그 티셔츠를 벗으라고 재촉하면서 남편이 입기에는 너무 꽉 끼는 아버지의 티셔츠를 꺼내주었다. 물론 나는 절대 그 옷을 입지 못할 테지만, 남편이 사는 것을 막을 수는 없었다. 나역시 어릴 때 붉은색 스카프를 자랑스럽게 목에 매고다녔다. 공산주의 청소년의 상징이던 그 스카프는 내가 즐겨 하는 복장의 일부였다. 심지어 나는 목깃 위로뾰족하게 올라오는 자리에 '짜우 응오안 박 호Cháu ngoan Bác Hồ'라는 노란색 문구가 수놓인 스카프를 맨 친구들이 부럽기까지 했다. 그들은 '당의 총애를 받는 아이들'이었다. 아무리 반에서 1등을 하고 우리에게 평화를 가져다준 아버지를 기리는 나무를 제일 많이 심어도 나는출신 성분 때문에 절대 오를 수 없는 자리였다. 교실 칠판마다 사무실마다 집집마다 호찌민 주석의 사진이 적어도 한 장은 걸려야 했다. 심지어 주석의 사진이 조상들의 사진을 밀어내기도 했다. 이전에 조상들의 사진은성스러운, 감히 손댈 수 없는 것이었다. 도박꾼이든 형편없는 인간이든 난폭한 인간이든 일단 죽어서 향과 과

일과 차가 차려진 제단에 오르고 나면 조상은 무조건 범접할 수 없는 존경의 대상이 되었다. 조상들의 눈길이 우리를 내려다보도록 제단은 언제나 높은 곳에 차려졌다. 후손들은 조상을 자기 가슴속이 아니라 머리 위에 모셔야 했다.

최근에 몬트리올에서 한 베트남 할
머니가 한 살짜리 손자에게 묻는 말을 들었다. "트엉 바
데 더우-Thương Bà để đâu?" 겨우 네 단어로 이루어졌지만 두
개의 동사 — '사랑하다thương'와 '두다để' — 가 들어 있
는 이 문장을 어떻게 번역해야 할지 모르겠다. 단어 그
대로 옮기자면, "할머니를 사랑하는 걸 어디 두고 있
지?"라는 뜻이다. 아이는 손으로 머리를 만졌다. 나 역
시 어릴 때 수없이 했던 동작이다. 그동안 까맣게 잊고
있었을 뿐이다. 나는 사랑이 가슴이 아니라 머리에서 온
다는 것을 잊고 있었다. 몸 전체에서 오직 머리만이 중
요하다. 베트남 사람을 모욕하려면 머리에 손을 가져다
대는 것으로 충분하다. 그것은 한 사람이 아니라 가문
전체에 대한 모욕이다. 풋볼 경기에서 처음으로 '캐치'
에 성공한 것을 축하하느라 같은 팀의 퀘벡 친구가 머리
에 손을 대자, 평소에는 수줍어하던 여덟 살짜리 베트남
아이가 성난 호랑이로 변한 것은 그 때문이다.

애정의 표시가 때로 모욕으로 받아들여지는 것을
보면 아마도 사랑한다는 표시가 세상 어디서나 보편적
이지는 않은 것 같다. 사랑 역시 한 언어에서 다른 언어
로 번역되어야 하고, 배워 익혀야 한다. 베트남어에서

는 사랑한다는 행위를 특수한 단어들로 분류하고 계량화할 수 있다. 취향으로 사랑하다thích, 애정으로 사랑하다thương, 연인으로 사랑하다yêu, 숭배하며 사랑하다mê, 맹목적으로 사랑하다mù quáng, 감사하는 마음으로 사랑하다tình nghĩa가 모두 다르다. 그냥 사랑하는 것, 머리 없이 사랑하는 것은 불가능하다.

　다행히 나는 누군가의 손이 내 머리를 포근하게 감쌀 때의 기쁨을 배웠다. 다행히 부모님 역시 침대에서 내 아이들과 간지럼을 태우며 놀다가 손자들이 자기도 모르게 예의를 어기며 할아버지 할머니의 머리카락에 건네는 입맞춤에서 사랑을 느낄 수 있게 되었다. 나는 아버지의 머리를 딱 한 번 만져보았다. 우리가 배에서 내리던 그날, 아버지는 내게 손으로 아버지의 머리를 짚고 난간을 건너게 했다.

아무도 그곳이 어디인지 알지 못했다. 처음 나타난 육지에 무작정 내리기로 했다. 우리가 해변으로 다가가고 있을 때, 통 넓은 연푸른색 반바지를 입은 아시아 남자 하나가 우리 쪽으로 달려왔다. 그는 베트남어로 빨리 내리라고, 배를 없애버리라고 반복해서 말했다. 베트남 사람일까? 설마 배가 나흘 동안 바다를 떠돌다 출발 지점으로 되돌아온 걸까? 우리 중 누구도 그런 의심을 품지 않았던 것 같다. 우리는 흡사 작전을 개시하는 군인들처럼 재빨리 배에서 뛰어내렸다. 우리를 부르던 남자는 그 혼란의 와중에 해변에서 사라졌다. 우리는 그를 다시 보지 못했다. 물 위를 달리며 허공에 주먹을 휘두르던 남자, 나한테까지는 들리지 않았지만 다급한 목소리로 내리라고 외치던 그 남자의 모습이 왜 이토록 내 기억 속에 선명하게 남아 있는지 잘 모르겠다. 아무튼 나는 살구색 수영복을 입고 물에서 뛰어나오던 보 데릭*만큼이나 분명하게 그 남자를 떠올릴

---

*   Bo Derek(1956~): 미국의 여배우. 블레이크 에드워즈Blake Edwards의 영화 「텐Ten」(1979)에서 살구색 수영복을 입은 장면으로 1980년대 섹스 심벌이 되었다.

138

수 있다. 몇 달 동안 오가며 본 포스터의 보 데릭과 달리 단 한 번, 눈 깜빡할 새 본 남자였는데 말이다.

갑판에 있던 사람들 모두 보았다. 하지만 그가 누구였는지 제대로 말할 수 있는 사람은 없었다. 그곳 당국에서 해변까지 온 배를 다시 바다로 쫓아내는 바람에 그 바다에서 죽은 사람이었을까? 천국에 가기 위해서 우리를 구해줘야만 했던 혼백이었을까? 정신분열증에 걸린 말레이시아 사람이었을까? 바캉스의 무료함을 달래고 싶던 클럽메드*의 관광객이었을까?

---

*   Club Med: 세계 여러 나라에 리조트를 운영하는 프랑스의 휴양 바캉스 전문 회사.

아마도 관광객이었을 것이다. 우리가
내린 해변은 거북이 보호구역이기도 하고, 클럽메드 리
조트에서 가까운 곳이었다. 해변의 바가 남아 있는 것
으로 보아 이전에는 그곳 역시 클럽메드 소유였을 것이
다. 우리는 그 해변 바의 벽에 써진 이름들, 우리처럼 살
아남은, 우리보다 먼저 그곳에 왔던 사람들의 이름을 배
경 삼아 매일 밤 그곳에서 잤다. 만일 그때 배에서 15분
만 늦게 내렸어도 우리는 천국처럼 아름다운 해변의 고
운 황금빛 모래에 발을 디디지 못했을 것이다. 그저 비
가 쏟아졌을 뿐인데, 그 비가 일으킨 파도에 우리가 타
고 온 배가 박살이 나버린 것이다. 200명도 더 되는 사
람이 빗물에 젖고 공포에 사로잡힌 눈으로 말없이 그 광
경을 바라보았다. 깨진 배의 나무판들이 마치 싱크로나
이즈드스위밍을 하듯 하나씩 파도 위로 튀어 올랐다. 그
광경은 아주 짧은 순간 동안이나마 우리 모두로 하여금
신을 믿게 만들었다. 정말 모두가 그랬다. 단 한 사람만
이 예외였다. 그는 배의 기름통에 숨겨둔 금덩어리를 찾
기 위해 배로 돌아가고 있었다. 그리고 해변으로 돌아
오지 못했다. 금을 찾다가 가라앉았거나, 들고 오기에는
금이 너무 무거웠기 때문이리라. 아니면 뒤돌아본 데 대

한 벌로, 혹은 남겨둔 것을 절대 아쉬워하지 말라는 교
훈을 주기 위해 파도가 그를 삼켜버렸을지도 모른다.

　　　　　그날의 추억은 내가 어디론가 떠날 때 달랑 가방 한 개만 챙겨 드는 이유를 설명해준다. 나는 책만 있으면 된다. 나머지는 그 무엇도 진정으로 내 것이 되지 못한다. 나는 호텔 침대에서도, 친구 집 손님방의 침대에서도, 모르는 사람의 침대에서도, 어디서나 내 침대에서와 똑같이 잘 잔다. 사실 나는 이사도 좋아한다. 소유물을 줄일 수 있는 기회이기 때문이다. 물건을 버리면 좋은 것만 선별적으로 기억할 수 있고, 눈을 감고서 눈부신 장면들만 떠올릴 수 있다. 내가 기억하고 싶은 것은 배 속을 간지럽히는 느낌, 아득한 현기증, 기우뚱거림, 망설임, 변화, 결핍…… 떠올리는 순간에 따라 매번 내 마음대로 다른 모습으로 빚어낼 수 있는 느낌들이다. 굳건히 버티고 서서 움직이지 않고 거추장스러운 물건들은 아니다.

　　　　　나는 사랑도 그런 방식으로 한다. 누
군가를 사랑해도 상대가 내 사람이 되기를 바라지 않는
다. 그래서 그들에게 나는 여럿 중의 하나이고, 특별한
역할도 없고 존재감도 없다. 나는 그들이 내 곁에 있기
를 바라지 않는다. 어차피 없는 사람은 그리워할 일도
없기 때문이다. 누군가가 없어진 자리는 다른 사람들이
와서 채우고 혹은 언제든 채울 수 있다. 사람이 아니면,
적어도 그 사람을 향한 내 감정은 그렇다. 그래서 나는
결혼한 남자, 손에 금반지를 낀 남자들을 좋아한다. 그
손이 내 몸을, 내 가슴을 어루만지는 게 좋다. 서로의 냄
새가 섞인다고 해도, 그의 축축한 살갖이 내 살갖에 닿
는다고 해도, 때로 도취 상태에 빠진다고 해도, 그 손가
락의 반지가, 그 반지에 간직된 이야기가 나를 멀리, 구
석에, 어둠 속에 잡아두기 때문이다.

남자를 만날 때 느낀 세세한 감정들은 잊어버렸다. 하지만 짧은 한순간 존재했던 몸짓들은 기억한다. 기욤이 내 왼쪽 발가락에 자기 이름의 G자를 쓰느라 스치던 손가락, 미하일의 턱밑에서 나의 1번 요추로 떨어지던 땀방울, 내가 오목가슴*에 대고 중얼거리면 그 소리가 자기 심장에까지 울릴 거라던 시몽의 흉곽 아래 움푹한 자리를 기억한다.

시간이 지나면서 누군가로부터는 속눈썹의 떨림이 남았고, 또 누군가로부터는 뻗친 머리카락이, 어떤 이들로부터는 가르침이, 몇몇에게서는 침묵이, 한번은 어느 오후가, 또 한번은 어느 생각이 남았다. 그렇게, 어차피 나는 그 각각의 얼굴을 제대로 기억하지 못하기에, 그 모두가 한 남자를 만들었다. 모두 함께 나에게 사랑에 빠지는 법을, 사랑에 빠진 여자가 되는 법을, 사랑의 환희를 갈구하는 법을 가르쳐주었다. 하지만 '사랑하다'라는 동사를 가르쳐주고 그 의미를 정의해준 것은

---

* 흉곽 기형의 한 형태로, 앞가슴이 움푹하게 들어간 상태라 '함몰 가슴'이라고도 한다.

내 아이들이었다. 만일 사랑하는 게 어떤 것인지 미리 알았더라면 나는 아이를 낳지 않았을 것이다. 일단 사랑하기 시작하면 영원히 사랑할 수밖에 없기 때문이다. 나의 외숙모, 그러니까 둘째 외삼촌의 아내가 그랬다. 방화광처럼 끝없이 가족의 재산을 태워 없애는 도박꾼 아들을 숙모는 계속 사랑할 수밖에 없었다.

내가 어렸을 때 숙모는 부처님 앞에, 예수님 앞에, 그리고 아들 앞에 엎드려 빌었다. 숙모는 몇 달이고 집을 떠나 있던 아들이 목에 칼을 들이댄 남자들과 함께 돌아오는 것을 더 이상 못 보겠다며 애원했다. 당차고 눈빛이 강렬한, 언변도 뛰어난 유능한 사업가인 숙모가 어째서 도박꾼 아들이 하는 온갖 거짓말과 약속을 믿는지, 나는 어머니가 되기 전까지는 이해하지 못했다. 최근에 다시 사이공에 갔을 때 만난 숙모는 자신이 전생에 큰 죄를 지은 것 같다고, 그래서 이번 생에는 아들의 거짓말을 계속 믿어야 한다고 말했다. 숙모는 아들을 향한 사랑을 접고 싶었다. 사랑하느라 지쳐 있었다.

나 역시 숙모에게 거짓말을 했다. 나도 어머니가 되었기 때문이다. 당신의 아들이 어느 날 밤에 어린 내 손을 잡아끌어 자신의 성기를 만지게 했다고, 또 어느 날 밤에는 지적 장애로 무방비 상태인 일곱째 이모의 모기장 안에 몰래 들어갔다고 나는 말하지 못했다. 늙어가고 지쳐가던 외숙모가 사랑 때문에 죽게 될까 봐 아무 말도 하지 못했다.

일곱째 이모는 외할머니가 낳은 여섯 번째 자식이었다. 원래 7이라는 숫자는 행운을 가져온다지만, 이모의 경우에는 그렇지 않았다. 내가 어렸을 때, 이모는 집으로 들어오는 나를 힘껏 때릴 준비를 하고 문 앞에서 기다렸다. 몸속에 쌓인 열기를 배출하기 위해서였다. 이모는 늘 몸이 더웠다. 그래서 소리를 지르고 마룻바닥에 뒹굴고 누군가를 때려서라도 열기를 발산해야 했다. 이모가 악을 써대기 시작하면 하녀들이 손에 쥔 물 양동이와 칼, 냄비와 걸레와 빗자루를 내려놓고 달려와야 했다. 이모가 흥분해서 날뛰면 외할머니와 어머니, 그리고 다른 이모들, 아이들, 나까지 모두 합세해 울부짖었다. 스무 명의 목소리가 뒤엉킨 히스테리와 광기의 합창이었다. 조금 뒤에는 우리가 무엇 때문에 악을 쓰고 있는지도 알 수 없었다. 우리의 비명 소리가 정작 모든 것의 시작이던 이모의 외침을 덮어버렸기 때문이다. 우리는 마음 놓고 악을 쓸 수 있는 기회를 놓치지 않으려고 계속 소리를 질러댔다.

늘 문 앞에서 나를 기다리던 이모가 하루는 직접 문을 열었다. 할머니의 열쇠를 훔친 것이다. 집을 떠나기 위해서, 자신의 장애가 눈에 띄지 않는, 적어도 사람들이 눈감아주는 골목길로 달려가서 자유롭게 쏘다니기 위해서였다. 이모의 장애를 모르는 척하면서 누군가는 24K 금목걸이를 구아버 한 조각과 바꿔주었고, 누군가는 듣기 좋은 말로 구슬려 이모의 몸을 취하기도 했다. 아기를 빌미로 협박할 심산으로 임신시키려는 남자들까지 있었다. 그 시절에 이모는 나와 정신 연령이 같고 친구 사이였기에 우리는 무서워하는 것을 서로 털어놓았다. 우리는 서로 무슨 얘기든 다 했다. 여전히 장애가 있는 이모는 지금은 나를 어른으로 대한다. 집 밖으로 뛰쳐나갔을 때, 골목길을 휘젓고 다녔을 때의 일에 대해 더 이상 얘기해주지 않는다.

나도 골목길로 달려 나가 이웃 아이들과 돌차기 놀이를 하고 싶었다. 나는 쇠창살이 달린 창문 앞이나 발코니에 서서 아이들을 바라보며 부러워했다. 우리 집은 2미터 높이의 콘크리트 벽에 둘러싸이고 그 벽 위에는 감히 넘어올 엄두조차 내지 못하도록 유리 조각들까지 박혀 있었다. 창문 앞에서 혹은 발코니에서 바라보노라면, 벽이 우리를 보호하고 있는지 반대로 우리가 삶에 다가갈 수 없도록 가로막고 있는지 헷갈렸다.

길에서 아이들은 알록달록한 고무줄 수백 개를 엮

어 만든 줄로 줄넘기 놀이를 했다. 그때 내가 제일 좋아하던 장난감은 "아이 러브 유I love you"라고 말할 줄 아는 내 인형이 아니었다. 내가 꿈꾸던 장난감은 거리를 돌아다니며 음식을 파는 여자들이 쓰는, 돈 넣어두는 서랍도 달린 나무 의자였다. 어깨에 얹은 대나무 장대 앞뒤로 매달고 다니는 두 개의 바구니도 탐이 났다. 여자들은 그렇게 거리를 오가며 온갖 종류의 국을 팔았다. 한쪽 바구니에 커다란 솥, 그리고 그 안에 든 국물이 식지 않도록 숯불까지 넣고, 다른 바구니에는 그릇, 젓가락, 국수 그리고 양념을 넣고 다녔다. 이따금 아기까지 업은 여자도 있었다. 그녀들은 각자 자기만의 노래로 어떤 국을 팔고 있는지 알렸다. 프랑스인 내 친구가 매일 새벽 5시에 일어나 그 노래들을 녹음했다. 그는 조만간 거리에서 저 선율들을 들을 수 없게 될 거라고, 저 여자들은 바구니를 내려놓고 공장으로 가게 될 거라고 했다. 그 친구는 경건한 마음으로 정성껏 거리의 목소리들을 녹음했고, 나더러 틈이 날 때 가사를 프랑스어로 옮겨달라고 했다. 노래들을 종류별로 분류하려고 한 것이다. 국을 파는 여자들, 콩을 갈아 만든 크림을 파는 여자들이 있었고, 재활용할 유리컵을 산다는 여자들도 있었다. 칼

가는 사람, 남자들을 위한 안마사, 그리고 빵 파는 여자들도 있었다. 우리는 오후 내내 그 노래들의 가사를 번역했다. 그 일을 하면서 나는 음악이 각자의 목소리와 리듬과 가슴에서 나온다는 사실을, 악보 없는 선율의 음악성이 안개 장막을 들어 올리고 창문과 모기장을 지나서 아침 자장가처럼 부드럽게 우리를 깨울 수 있다는 사실을 알게 되었다.

거리의 노래들을 녹음하기 위해 친구는 아침 일찍 일어나야 했다. 국은 주로 이른 아침에 팔았기 때문이다. 국마다 들어가는 국수도 달랐다. 둥근 면은 소고기, 작고 납작한 면은 돼지고기와 새우, 투명한 면은 닭고기와 함께 쓰였다. 각기 만들어 파는 국이 다르고, 다니는 길도 달랐다. 그랜비에서 마리 프랑스 선생님이 아침 식사에 무엇을 먹었는지 말해보라고 했을 때 나는 "국, 국수, 돼지고기"라고 대답했다. 이후에도 선생님은 아침에 막 일어난 상태를 흉내 내기 위해 눈을 비비고 기지개를 켜면서 같은 질문을 되풀이했다. 하지만 내 대답은 국수가 밥으로 바뀌는 정도의 변화가 있을 뿐 매번 똑같았다. 다른 베트남 친구들의 대답도 비슷했다. 선생님은 결국 집으로 전화를 걸어 내 말이 맞는지 확인했다. 우리 식구는 서서히 아침에 국과 밥을 먹지 않게 되었다. 나의 경우는 국과 밥 대신 먹을 것을 찾지 못했다. 그래서 나는 아침을 거의 먹지 않는다.

베트남에 있는 동안 파스칼을 임신하면서 다시 아침에 국수를 먹기 시작했다. 그때 나는 오이 피클이나 땅콩 버터 말고 오로지 길모퉁이에서 파는 국수만 먹고 싶었다. 어렸을 때 할머니는 길에서 파는 국수를 절대 못 사 먹게 했다. 작은 양동이에 담긴 물로 그릇을 씻었기 때문이다. 국수 파는 여자들은 이미 국물과 그릇을 어깨에 메야 하는 처지에 물까지 들고 다닐 수 없었다. 그래서 거리에서 사람들에게 부탁해 물을 구하곤 했다. 어릴 때 나는 이따금 양동이를 채워줄 새 물을 준비하고 부엌문 쪽 담벼락에 서서 기다렸다. 나는 그녀들의 나무 의자를 파란 눈의 내 인형과 바꾸고 싶었다. 바꿔줄 수 있느냐고 물어보았어야 했다. 지금은 모두 플라스틱 의자를 들고 다닌다. 더 가벼워졌지만, 서랍은 없다. 나무 의자에 남는 낡음과 마모의 흔적도 없다. 그녀들은 어깨의 장대에 매달린 무게는 그대로 짊어진 채 현대로 들어섰다.

    우리가 제일 처음 산 토스터에는 '폼'*
샌드위치 빵 봉지의 빨간색과 노란색 줄이 남아 있다.
그랜비에서 우리를 도와주던 캐나다 가족이 첫 아파트
로 입주하게 된 우리를 위해 작성해준 구매 목록에서
첫 품목이 바로 토스터였다. 하지만 우리는 몇 년 동안
그 토스터를 한 번도 사용하지 않았다. 이사 갈 때도 그
냥 끌고 다녔다. 아침 식사로 빵이 아니라 국과 밥, 그리
고 전날 남은 것을 먹었기 때문이다. 그러다 언제부턴
가 우유는 붓지 않고 '라이스 크리스피'†를 먹기 시작했
다. 오빠와 남동생은 토스트와 잼을 먹었다. 특히 동생
은 20년 전부터 샌드위치 빵 두 개를 구워 버터와 딸기
잼을 발라 먹는다. 어디에 있든 예외 없이 매일 아침 그
렇게 먹는다. 뉴욕, 뉴델리, 모스크바, 어디로 발령이 나
든, 심지어 사이공에서도 그랬다. 보다 못한 베트남 하
녀가 동생의 습관을 바꿔보려고 애썼다. 강판에 새로 간
야자열매, 볶은 참깨, 절구에 빻은 땅콩을 얹은 김이 모

락모락 나는 밥을 준비하기도 했고, 파테*와 집에서 만든 마요네즈를 발라 햄을 넣고 고수를 곁들인 바게트 빵을 내오기도 했다. 하지만 동생은 손사래를 친 뒤 매번 냉동고에서 샌드위치 빵을 꺼냈다. 지난번 동생 집에 갔을 때 여전히 식기장 안에 놓인, 빵 봉지의 흔적이 남아 있는 토스터를 보았다. 그 낡은 토스터는 동생이 어디를 가든 끌고 다니는 유일한 물건이다. 동생에게 그것은 닻을 내린 자리, 혹은 첫번째 닻의 추억일 것이다.

---

*   간이나 자투리 고기, 생선살 등을 갈아서 만든 음식으로 주로 빵에 발라 먹는다.

내가 처음 닻을 내린 자리는 어디인지, 기윰을 마중하러 하노이 공항에 갔을 때 나는 그 답을 알게 되었다. 기윰의 티셔츠에서 풍기는 '바운스'* 섬유 유연제 향기에 나도 모르게 왈칵 눈물이 난 것이다. 나는 2주 동안 기윰의 옷을 베개에 깔고 잤다. 정작 기윰은 잭프루트,† 리치, 금귤, 두리안, 카람볼라,‡ 여주,§ 게, 말린 새우, 백합, 연꽃, 그리고 풀 냄새에 매료되었다. 그는 야시장에도 여러 번 갔다. 그곳에 가면 마치 주식시장처럼 요란하지만 통제된 소란 속에서 거래 중인 상인들의 바구니로 온갖 채소와 과일, 꽃이 이리저리 오간다. 나는 기윰을 따라 야시장에 갈 때마다 셔츠 위에 그의 스웨터를 껴입었다. 북아메리카 대륙의 일상이 담긴 평범하고 단순하고 흔한 섬유 유연제 향기가 나의 고향이라는 사실을 깨달았기 때문이다. 오랫동

---

*   Bounce: 미국의 P&G에서 생산하는 섬유 유연제.
†   뽕나뭇과의 열대 과일로 두리안과 비슷하게 생겼다.
‡   괭이밥과에 속하는 열대 과일로 가로로 자르면 별 모양이라서 '스타 프루트'라고도 불린다.
§   박과에 속하는 열매로, '비터멜론'이라고도 불린다.

안 나는 나만의 주소를 갖지 않고 살았다. 하노이에서는 사무실로 쓰는 아파트에서 지냈다. 내 책들은 여덟째 이모 집에, 졸업장들은 몬트리올의 부모님 집에, 사진들은 오빠와 동생 집에, 겨울 외투들은 이전에 함께 아파트를 빌려 살았던 친구 집에 두었다. 그런데 바운스 냄새와 함께 내게도 향수병이 있음을 처음 알게 된 것이다.

퀘벡에서의 처음 몇 해 동안 우리의 옷에서는 늘 퀴퀴한 습기 냄새와 음식 냄새가 났다. 방 양쪽 벽에 줄을 고정시켜놓고 빨래를 걸어 말렸기 때문이다. 매일 밤 내가 가장 마지막으로 본 장면은 마치 티베트의 기도 깃발*처럼 허공에 매달린 색색의 옷들이었다. 몇 년 동안 나는 학교에서 친구들의 옷에 밴 섬유 유연제 향기가 바람에 날려 올 때마다 그 냄새를 맡기 위해 심호흡을 했다. 헌옷을 모아 주는 보따리를 받을 때도 그 냄새를 맡으면 행복했다. 그 냄새가 너무 갖고 싶었다.

---

* 티베트 불교에서 기도의 뜻을 담은 다섯 가지 색의 깃발 '룽따風馬'를 말한다.

기욤은 하노이에 2주 동안 머물다 돌아갔다. 나에게 주고 갈 옷이 더 없었다. 그 후 몇 달 동안 그는 몇 차례 새로 세탁해서 바운스 향내가 밴 손수건을 비닐봉지에 밀봉해 보내주었다. 마지막으로 받은 소포에는 파리행 비행기표가 들어 있었다. 기욤은 미리 약속을 잡아둔 파리의 조향사에게 나를 데려갔다. 그렇게 제비꽃, 붓꽃, 푸른 사이프러스, 바닐라, 미나리……특히 고향에 발을 딛기 전에 고향을 느끼게 해주는 꽃이라고 나폴레옹이 말했다는 에델바이스 향기를 맡게해주었다. 고향을, 나의 세계를 느끼게 해줄 향기를 찾아주려 한 것이다.

이후로 나는 기욤이 파리에서 구해 준 그 향수만 쓴다. 그 향수가 바운스의 자리를 대신했다. 그 향기가 나를 위해 말했고, 내가 존재한다는 사실을 일깨워주었다. 하우스메이트였던 한 친구는 누가 우리를 창조했는지, 우리가 누구이고 왜 존재하는지 알기 위해 몇 년 동안 신학, 고고학, 천문학을 공부했다. 매일 저녁 하루를 마친 그녀는 질문들에 대한 답이 아니라 새로운 질문들을 안고 아파트로 돌아왔다. 내가 궁금한 질문은 딱 한 가지뿐이다. 내가 언제 죽을까 하는 것이다. 만일 죽는 순간을 선택할 수 있다면, 나는 아이들이 나에게 오기 전에 죽었어야 한다. 아이들이 태어난 뒤로 죽을 수 있다는 가능성 자체가 사라졌기 때문이다. 햇볕에 익은 아이들의 머리카락에서 나는 시큼한 냄새, 밤에 악몽에서 깨어난 아이들의 등에서 나는 땀 냄새, 학교에서 돌아온 아이들의 손에서 나는 먼지 냄새, 이 냄새들 때문에 나는 살아야 했고, 지금도 그렇다. 아이들의 속눈썹 아래 드리워지는 그림자에 황홀해하고, 눈송이에 감동하고, 아이들 뺨에 흐르는 눈물 한 방울에 가슴이 철렁한다. 아이들이 오직 나에게만 허락한 힘을 발휘해서 나는 아프지 말라고 상처에 입김을 불어줄 수 있고, 소리 내서 말하지 않은 말을 이해할 수 있다. 보편적인 진리를 알 수 있고, 요정이 될 수 있다. 아이들의 냄새에 반한 요정.

와이엇은 아오자이에 반했다. 그 긴 옷이 여자들의 몸을 경이로울 정도로 섬세하게, 지나치게 낭만적으로 만들어준다고 했다. 그를 따라 어느 전원주택에 간 적이 있다. 원래는 공원이었던 곳에 정자들이 들어서는 바람에 가려져 집이 눈에 잘 띄지 않았다. 그곳에 사는 나이 든 두 자매가 생계를 위해 자신들의 가구를 팔았다. 와이엇이 가장 단골 수집가였기에, 그녀들은 우리에게 내 할아버지가 누워 지내던 것과 비슷한 커다란 마호가니 나무 소파 베드 위에, 옛날에 아편을 피우던 사람들이 사용하던 세라믹 방석에 머리를 대고 누워보라고 했다. 주인 여자가 절인 생강편과 차를 내왔다. 그녀가 나와 와이엇 사이에 잔을 내려놓기 위해 몸을 숙이는 순간, 때마침 불어온 미풍이 그녀의 아오자이 자락을 살짝 들어 올렸다. 이미 예순 살의 여인이었음에도 그녀의 아오자이는 너무도 관능적이었다. 살짝 드러난 살결이 세월의 힘을 조롱하듯 여전히 보는 이의 마음을 흔들었다. 와이엇은 벌어진 아오자이 틈새로 드러나는 그 미세한 공간이 자신에게는 황금의 삼각지대라고, 행복의 섬이라고, 자기가 누리는 베트남이라고 했다. 그는 차를 마시며 속삭였다. "잇 스터즈 마이 소울It stirs my soul."

아오자이 옷자락 사이로 드러나는 삼각형의 살갗은 또한 사이공에 온 북베트남 병사들을 흔들어놓았다. 하교 시간이면 마치 봄날의 나비처럼 운동장에서 쏟아져 나오는 하얀색 아오자이의 행렬을 보며 그들은 어쩔 줄 몰라 했다. 결국 여학생들에게 아오자이 착용을 금지시켰다. 아오자이를 못 입게 한 이유는 더 있었다. 길모퉁이마다 세워진 커다란 광고판 속에 녹색 군모를 쓴 여자들, 걷어 올린 소매 아래 근육질의 팔이 드러나는 여자들의 영웅적 공적을 퇴색시켰기 때문이다. 어쨌든 아오자이를 금지한 것은 잘한 일이었다. 사실 그 단추를 전부 채우려면 벗을 때보다 시간이 세 배 더 걸렸다. 게다가 몸을 한번 급하게 움직이기만 해도 똑딱단추가 열리며 옷이 벌어졌다. 외할머니의 경우는 아오자이를 입는 데 세 배가 아니라 열 배의 시간이 걸렸다. 아오자이의 위선적인 정숙과 가식적인 순결을 해치지 않기 위해서, 아이를 열 명 낳은 몸을 서른 개의 고리가 달린 거들에 끼워 넣어야 했기 때문이다.

지금 할머니는 많이 늙었다. 하지만 여전히 아름답다. 여왕처럼 화려하게 아름답다. 사이공 응접실에 앉아 있던 40대의 할머니는 가장 아름답고 화려하던 시대의 아우라를 지녔다. 아침마다 많은 상인이 새 물건들을 보여주기 위해 우리 집 문 앞에서 기다렸다. 대부분은 할머니에게 어떤 물건이 필요한지 이미 알고 있었다. 그들은 새 접시를, 유럽에서 막 도착한 조화造花를 가져왔고, 물론 할머니의 여섯 딸을 위한 브래지어도 가져왔다. 전쟁 중인 나라에서는 시장이 불안해 모든 상황에 대비해야 했기에, 다이아몬드를 가져올 때도 있었다. 그 시절에 주변의 베트남 여자들은 모두 다이아몬드 감정용 돋보기를 가지고 있었다. 나 역시 어릴 때부터 다이아몬드 속의 이물질을 가려내는 법을 배웠다. 그것은 가계 관리에 필수적인 기술이었다. 은행은 체계가 잡히지 않아 믿을 수 없었기에 재산을 관리하기 위해서는 금과 다이아몬드를 사고파는 기술을 완벽하게 익혀야 했다. 할머니는 굳이 밖으로 나갈 필요 없이 며칠이고 온종일 집에 앉아서 필요한 물건을 샀다. 할머니를 찾아온 사람들이 전부 상인은 아니었다. 사이사이에 친구들도 왔고, 하인 일자리를 구하러 온 사람들도 있었다.

할머니의 시간은 늘 그런 일상의 과업으로 채워져
있었다. 그래서 할머니는 불교 신자였음에도 불구하고
부처님 앞에 앉을 시간이 별로 없었다. 시장에 물건과
상인이 남지 않았을 때, 우리 집을 차지한 공산주의 병
사들이 금고 속의 물건들을 압수하고 레이스 스카프까
지 가져갔을 때, 할머니는 불교 신자들이 입는 길고 헐
렁한 회색 가운 같은 옷을 입기 시작했다. 희끗희끗해
진 머리카락을 매끈하게 묶어 목덜미 위로 틀어 올린
할머니는 여전히 당당한 아름다움을 간직했다. 우리가
배를 타고 떠난 뒤 할머니는 소식을 기다리며 온종일
향을 피워놓고 기도했다. 할머니는 제일 어린 자식 둘,
막내아들과 막내딸을 우리와 함께 바다로 떠나보냈다.
살아남을 알 수 없는 길이었다. 하지만 내 어머니가
할머니에게 막내아들을 바다에서 잃을 것인지 캄보디
아에서 군복무를 하다가 지뢰밭에서 사지가 찢겨나가
게 할 것인지 선택하라고 했다. 망설이지 않고, 떨지 않
고, 땀 흘리지 않고, 소리 없이 선택해야 했다. 할머니가
기도를 시작한 것은 아마도 그때의 두려움을 이겨내기
위해서였을 것이다. 할머니가 제단을 떠나지 않은 것은

아마도 향 연기에 취해 있기 위해서였을 것이다.

하노이에서 내 맞은편에 살던 여인
역시 매일 새벽 몇 시간 동안 기도를 했다. 하지만 할머
니의 방과 달리 대나무 발을 늘어뜨린 그녀의 방은 창
문이 길 쪽으로 나 있었다. 그래서 주문을 외우는 소리,
쉼 없이 목탁을 두드리는 소리가 온 동네에 퍼져 나갔
다. 처음에 나는 이사 가고 싶고, 신고할 생각도 했다.
심지어 명상 종을 훔쳐서 부숴버리고 싶기까지 했다.
하지만 몇 주가 지난 후에 나는 저주를 멈추었다. 할머
니의 모습이 자꾸 떠올랐기 때문이다.

온 세상이 뒤죽박죽이던 처음 몇 년 동안 할머니는
절로 피신했다. 할머니는 절까지 데려다줄 사람이 일
곱째 이모뿐인데도 그곳에 가겠다는 뜻을 굽히지 않았
다. 그런데 일곱째 이모는 오토바이를 몰 줄 몰랐다. 그
때까지 누가 오토바이 모는 것을 본 적이 없었고, 무엇
보다 집 밖에 나가지 않는 사람으로 되어 있었기 때문
이다. 하지만 이모의 삶이, 아니 모두의 삶이 격동에 빠
지면서 새로운 규칙이 만들어졌다. 장애가 있던 이모도
틀을 깨고 집 밖으로 나갈 수 있는 나름의 자유를, 성장
할 수 있는 기회를 얻은 것이다. 그렇게 이모는 마당에
남아 있던 단 한 대의 오토바이에 시동을 걸었다. 할머

167

니 역시 난생처음 오토바이에 올라탔다. 이모가 출발했고, 처음부터 끝까지 같은 속도로, 심지어 빨간색 신호에도 멈추지 않고 달리고 또 달렸다. 나중에 이모가 들려준 얘기에 따르면, 신호등이 나타나면 눈을 감았다고 한다. 그동안 할머니는 딸의 양어깨를 부여잡고 기도를 했다.

　나는 이모한테 수녀원에서 아이를 낳은 이야기도 듣고 싶었다. 넷째 이모의 양자가 사실은 자신의 아이라는 것을 이모는 알고 있었을까? 그 사실을 내가 어떻게 알게 되었는지도 잘 모르겠다. 아마도 아이들은 문의 열쇠구멍을 통해 안에서 어른들이 하는 말을 엿들을 수 있기 때문일 것이다. 아니면 어른들이 옆에 아이들이 있다는 사실을 미처 깨닫지 못했을 수도 있다. 어차피 부모들은 아이들을 늘 지켜볼 필요가 없었다. 그 일을 대신하는 보모들이 있었기 때문이다. 하지만 부모들이 잊은 것이 있었으니, 그 보모들은 젊은 아가씨였다. 부모들이 그렇듯이 젊은 보모들에게도 욕구가 있었다. 그녀들은 운전수의 눈길을 끌고 혹은 재봉사의 미소를 얻고 싶어 했다. 잠시 거울을 바라보며 몽상에 빠지고 싶고 그 거울에 비친 화면의 구성원이 되고 싶어 했다.

언제나 나를 돌보는 보모가 있었지만, 그녀들은 때로 나의 존재를 잊었다. 어린 시절 내 사진들에는 배경 한 구석에 보모가 찍혀 있을 때가 많지만, 나는 그 누구도 기억하지 못한다.

　　　　　내 아들 파스칼 역시 우리가 방콕에
서 몬트리올로 돌아오자마자 그때까지 자기를 돌봐주
던, 2년 동안 이따금 며칠간의 휴가 외에는 일주일 내
내, 스물네 시간 내내 곁에 있어주던 태국인 보모 렉을
기억하지 못했다. 렉은 파스칼을 처음 보는 순간부터
좋아했다. 마치 자기가 사는 가장 아름답고 가장 멋진
동네를 구경시켜주겠다는 듯 파스칼을 데리고 나가 우
리 동네를 보여주었다. 렉이 파스칼을 어찌나 좋아하는
지 나는 혹시 그녀가 우리가 헤어질 사이임을, 언젠가
우리는 떠날 것이고 그러면 내 아들은 아마도 자기를
기억하지도 못할 것임을 잊고 있는 게 아닌지 걱정되기
까지 했다.

　　렉은 영어를 몇 마디밖에 하지 못했고 내가 할 수
있는 태국어 역시 몇 마디가 전부였지만, 그래도 우리
는 같은 아파트 주민들에 대해 한참 동안 이야기할 수
있었다. 마치 영화의 한 장면 같은 인상적인 사건이 9층
에 살던 30대 미국 남자의 집에서 일어났다. 어느 날 저
녁 그가 퇴근하고 돌아왔을 때, 아파트 안이 온통 깃털
과 이끼로 엉망이 되어 있었다. 누군가 그의 바지를 길
게 반으로 잘라버렸고, 소파도 속이 드러나도록 찢겨

있었다. 테이블도 칼로 찍히고, 커튼도 찢겼다. 돈을 주고 고용한 그의 정부情婦를 석 달이 지난 후에 이제 그만 와도 된다고 보낸 뒤에 벌어진 일이었다. 애초에 한 달을 넘기지 말아야 했다. 아무리 금요일마다 애정의 대가를 돈으로 받았다 해도, 그 여자 마음속에 어쩌면 이게 진짜 사랑일지 모른다는 희망이 매일매일 움트게 만들지 말아야 했다. 그런 큰 절망을 안기지 않으려면, 매일 같이 앉아 식사하자고 권하지 말아야 했다. 그녀가 아무 말도 알아듣지 못한 채 식탁에서 미소만 지었다 해도, 그녀의 존재가 그저 식탁을 채우기 위한 장식에 불과했어도, 그녀가 감자 크림 수프를 삼키며 만일 그 남자가 먹었다면 입이 찢어지고 입술이 타는 듯하고 심장에 불이 붙는 것처럼 매운 고추가 들어간 파파야 샐러드를 떠올리던 그 식탁에, 매번 그녀를 앉히지 말아야 했다.

아시아에서 돈으로 하룻밤 사랑을 사는 외국인 남자들에게 물어보았다. 베트남 혹은 태국의 정부들과 요란스러운 밤을 보낸 뒤 왜 군이 같이 식사를 하자고 그 여자들을 붙잡는지. 그녀들은 밥 대신 차라리 밥값을 받고 싶었을 텐데, 그러면 그 돈으로 어머니의 신발을 사고 혹은 아버지의 침대 매트리스를 바꾸고 혹은 남동생을 영어 수업에 보내줄 수 있었을 텐데. 그녀들이 말할 수 있는 단어는 어차피 문 닫고 방 안에서 이루어지는 대화에나 쓰일 것들뿐인데 무엇 때문에 침대 밖에서 같이 있기를 바라겠는가. 남자들은 내가 아무것도 모른다고 대답했다. 그들이 여자를 잡아두는 이유는 전혀 다른 것이었다. 그들은 그 여자들이 젊음을 돌려준다고 말했다. 그들이 말했다. 젊은 여자들을 보고 있으면 자기 자신이 꿈과 가능성이 가득한 젊은 시절로 돌아간 것 같다고. 그 여자들은 자신이 인생을 헛살지 않았다는 환상을, 적어도 인생을 다시 시작할 수 있으리라는 활력과 욕망을 준다고. 그 여자들이 없으면 자신의 처지에 환멸이 밀려오고 슬픔이 가시지 않는다고. 그것은 충분히 사랑하지 못했다는, 그리고 충분히 사랑받지 못했다는 슬픔이다. 5달러면 한 시간의 행복을, 적어도 애

172

정을, 누군가가 함께 있으면서 자기에게 관심을 가져주는 시간을 누릴 수 있는 이 나라 아닌 다른 곳에서는 돈이 있어도 행복을 얻을 수 없었다는 환멸이다. 5달러만 내면 서툰 화장을 한 젊은 아가씨와 함께 커피나 맥주를 마실 수 있다. 자기들이 베트남어로 '후추' 얘기를 하려다가 '오줌 누다'라는 단어를 발음하면 환한 웃음을 터뜨리는 여자들과 함께 있을 수 있다. 두 단어는 베트남어에 숙련된 귀가 아니면 구별하기 힘든 억양 차이밖에 없다. 그저 억양 하나로 단순한 행복을 누릴 수 있다.

어느 날 저녁 식당에서 옛날 사이공의 우리 집에 살았던 북베트남 병사 중 하나와 닮은, 똑같이 귓불이 갈라진 남자를 보았다. 그를 따라가다가 판자들 틈으로 그 식당의 별실을 들여다보게 되었다. 깜박거리는 네온 불빛 아래서 짙은 화장을 한 소녀 여섯 명이 부러질 듯 가녀린 몸으로 하이힐을 신고 알몸의 살갗을 파르르 떨며 벽 앞에 한 줄로 서 있었다. 그리고 남자 여섯 명이 각기 돌돌 말아 반으로 접어 고무줄로 묶은 100달러짜리 지폐로 여자들을 겨냥하고 있었다. 그들이 던진 돈은 담배 연기 가득한 방 안을 마치 포탄처럼 빠르게 날아가 여자들의 파리한 살갗을 때렸다.

베트남에 머물 때 처음 몇 달 동안은 아무리 브랜드 정장을 입고 하이힐을 신고 있어도 사람들이 나를 사장의 수행원으로 아는 게 좋았다. 그 말은 내가 아직 젊고 날씬하고 연약해 보인다는 뜻이었기 때문이다. 하지만 둥글게 말린 100달러를 주기 위해 몸을 굽히는 여자들을 본 이후로는 더 이상 그럴 수 없었다. 그 여자들을 향한 경의 때문이었다. 동경의 대상이 되는 몸과 젊음 뒤로 그 여자들은, 등이 굽은 늙은 여자들과 똑같이, 베트남의 역사가 남긴 보이지 않는 무게를 짊어지고 있었다.

살갗이 아직 여려서 그런 무게를 감당하지 못하는 여자들도 있었다. 나 역시 더 이상 감당할 수 없어서, 남자들이 세 번째로 달러를 던지려 할 때 그 자리를 떴다. 그날 식당을 나서는 나는 귀가 멍멍했다. 술잔이 부딪치던 시끄러운 소리 때문이 아니라, 지폐가 여자들의 살갗에 부딪히던 아주 작은 소리 때문이었다. 그날 식당을 나서는 내 머릿속에는 안에 남아 있는 여자들의 침묵이 울려 퍼졌다. 그런 퇴폐적 유흥을 버텨낼 힘을 가진 여자들, 돈의 위력을 벗겨내버린 여자들, 손댈 수 없게, 절대 무너뜨릴 수 없게 된 여자들.

몬트리올에서 혹은 다른 곳에서, 스스로 원해서 일부러 자기 몸에 상처를 내는, 자신의 살갗에 영원히 지워지지 않는 흉터가 그려지기를 바라는 여자들을 볼 때면 나도 모르게 조용히 기원하게 된다. 저들이 자신들과 똑같이 지워지지 않는, 하지만 너무 깊이 있어서 육안으로는 볼 수 없는 흉터를 지닌 다른 여자들을 만나게 되기를. 마주 앉아 서로 비교해보기를. 원해서 낸 흉터와 원하지 않으면서 당한 흉터, 일부러 돈을 써서 만든 흉터와 돈을 버느라 얻은 흉터, 눈에 보이는 흉터와 짐작하기도 힘든 흉터, 살갗 표면의 흉터와 깊이를 가늠하기 힘든 흉터, 모양을 그려놓은 흉터와 형태 없는 흉터를.

일곱째 이모 역시 배 아래쪽에 흉터
가 있다. 집을 뛰쳐나가 미로같이 이어진 골목길을 휘
젓고 다닐 때 얼음 장수, 가죽신 장수, 다투는 이웃들,
화가 난 여자들, 성적 욕망으로 달아오른 남자들 틈에
서 얻은 흔적이다. 그곳의 남자들 중 누가 이모 아이의
아버지일까? 아무도 이모에게 묻지 못했다. 심지어 이
모 스스로도 배가 불러오는 것을 깨닫지 못하도록 임신
기간 동안 '우아조' 여학교* 수녀들의 옷을 입게 하고
거짓말을 해야 했다. 수녀들은 이모를 조제트라고 부르
고 점선 글자를 따라 그리게 하며 이름 쓰는 법을 가르
쳤다. 조제트는 자신이 왜 자꾸 살이 찌는지, 그러다 어
느 날 깊은 잠에서 깨고 보니 왜 원래대로 돌아가 있는
지 알지 못했다. 조제트가 아는 것은 오로지 자기가 그
랬듯이 넷째 이모의 양자도 어느 틈엔가 거리로 뛰쳐나

* 베트남 응우옌 왕조의 마지막 황제 바오다이와 결혼한 황후 남풍은
파리의 수녀원 부속 기숙여학교 '우아조Oiseaux'(프랑스어로 '새'를
뜻한다. 1818년 수녀원 기숙학교가 되기 전에 마당 안에 있던 커다란 새
장 때문에 붙은 이름이다)에서 교육을 받았다. 황후가 된 후 랑비앙,
하노이, 사이공에 같은 학교를 세웠다.

갔다는 사실뿐이었다. 이모가 다녔던 골목길들을 그 아이 역시 전광석화처럼 헤집고 다녔다. 샌들을 벗어 들고 뛰어다니면서 아스팔트의 열기를, 배설물의 질감을, 깨진 유리 조각을 맨발로 느꼈다. 어린 시절 내내 그 아이는 그렇게 뛰어다녔다. 어린 시절 내내 그 아이는 매달 우리가, 어른들과 아이들 모두, 열 명, 열다섯 명, 때로는 스무 명이 함께 동네를 뒤지게 만들었다. 어느 날 하인들과 이웃 사람들까지 다 나섰지만 아무도 그 아이를 찾지 못했다. 그 아이는 왔던 길을 따라 그대로 사라졌다. 그 아이는 어머니의 음부 위쪽에 흉터만을 추억으로 남긴 채 우리 삶에서 사라졌다.

내 아들 앙리도 집 밖으로 뛰쳐나간다. 고속도로 건너편, 넓은 길과 좁은 길, 공원과 또 다른 길들을 지나 강으로 달려간다. 물줄기의 규칙적인 리듬과 지속적인 흐름이 최면을 걸듯 그 아이를 평온하게 만들며 지켜주는 강으로 달려간다. 나는 아들의 그림자 안에서, 그림자가 되어, 아들을 붙잡지 않고 방해하지 않고 화나게 하지 않으면서 따라가는 법을 배웠다. 하지만 한 번, 정말 딱 한 번 방심했을 때, 내가 처음 보는 흥분과 생기에 휩싸인 얼굴로, 나의 아이가 차들이 달리는 도로로 뛰어들었다. 아이의 얼굴에 번지던 너무도 희귀한 너무도 뜻밖의 기쁨, 그와 동시에 아이의 몸이 자동차의 범퍼 위 허공을 날지 모른다는 공포, 나는 그 사이에서 숨을 쉴 수 없었다. 내 눈앞에서 아이의 몸이 차와 충돌하는 순간을 외면하기 위해 차라리 눈을 감아야 할까? 그래야 계속 살아갈 수 있지 않을까? 이제 그만 뜀박질을 멈춰야 하는 걸까? 하지만 모성애, 바로 나의 모성애가 놓아주지 않았다. 어머니인 나의 사랑이 내 심장을 마구 헤집고 조여서 흉곽 밖으로 밀어냈다. 그때, 큰아들이 보였다. 어디선가 갑자기 나타난 파스칼이 중앙 분리 화단의 새로 깎은 잔디

위에 동생을 눕혔다. 포동포동한 작은 엉덩이와 달콤한 장밋빛 뺨을 가진, 자그마한 엄지손가락을 치켜든 파스칼은 동생을 위해 하늘에서 내려온 천사였다.

　　　　　　나는 기쁨을 주체하지 못하고 두 아
들을 붙잡고 울었다. 처형된 어린 아들을 본 어느 베트
남 어머니의 고통이 너무 안타까워서 울었던 적도 있
다. 죽기 한 시간 전까지 머리카락을 바람에 휘날리며
달리던 아들이었다. 그 아이는 이 사람에서 저 사람으
로, 이 손에서 저 손으로, 한 은신처에서 다른 은신처로
연락을 전하기 위해 달렸다. 혁명을 준비하는, 저항에
힘을 보태는, 때로는 그저 사랑의 말을 전하는 연락이
었다.

　　아이는 두 다리에 유년기를 담고 달렸다. 적 진영
의 병사들에게 잡힐지도 모른다는 위험은 생각지도 못
했다. 여섯 살, 어쩌면 일곱 살이었다. 아직 글을 읽을
줄도 몰랐다. 전해야 할 쪽지를 손에 꽉 움켜쥘 줄 알았
을 뿐이다. 붙잡히고 나서도 자신을 겨누는 총구들 앞
에서 자기가 어디로 달려가고 있었는지, 쪽지를 받을
사람이 누구인지, 달리기 시작한 곳이 어디였는지, 아
무것도 기억나지 않았다. 공포가 아이의 입을 막아버린
것이다. 병사들이 아이의 입을 막아버렸다. 병사들이
검을 씹으며 떠날 때 아이의 가녀린 몸은 바닥에 축 늘
어져 있었다. 아이의 어머니가 아이가 지나간 발자국이

미처 지워지지 않은 논두렁을 달려왔다. 총소리가 허공을 가르는 순간에도 경치는 그대로였다. 사랑이 너무 크고 고통이 너무 깊어서 눈물조차 흘리지 못하고 비명조차 지르지 못하는 어머니가 진창에 반쯤 빠진 아들의 몸을 낡은 거적으로 싸는 순간에도, 막 싹이 튼 벼들은 살랑거리는 미풍에 몸을 내맡긴 채 여전히 무심하게 흔들렸다.

우리 집 차고 안에서 돌아가는 몽롱
한 재봉틀 소리를 지키기 위해 나는 소리 지르지 않고
버텨냈다. 그때 우리 형제들과 사촌 형제들은 용돈을
벌기 위해 학교가 끝난 뒤 모두 재봉틀을 돌렸다. 규칙
적으로 빠르게 움직이는 바늘에 눈을 고정하고 있어야
했기에 서로 쳐다보지 않은 채로 이야기를 나누었다.
그러다 감추고 있던 비밀을 털어놓기도 했다. 사촌들은
겨우 열 살이었다. 하지만 몰락한 사이공에서 태어나고
베트남의 가장 암울한 시기에 자라난 그들에게는 이미
이야기할 과거가 있었다. 사촌들은 2천 동짜리 국수 한
그릇을 먹기 위해 남자들의 성기를 주물러준 얘기를 하
며 키득거렸다. 주저 없이 거리낌도 없이 자신들이 행한
성행위를 그대로 묘사했다. 매춘은 어른들의 일이고 돈
이 오가는 일이라고, 15센트짜리 음식을 얻어먹는 대가
로 그런 일을 한 자기들 같은 예닐곱 살 아이들과는 관
련이 없는 일이라고 믿는 것처럼, 자연스럽고 천진난만
하게 이야기했다. 그 이야기가 이어지는 동안 나는 고
개를 돌리지 않고, 재봉틀을 멈추지 않고, 아무 말도 하
지 않았다. 그들의 말이 간직한 순수를 지켜주기 위해
서, 내 눈빛으로 그들의 순진함에 흠을 내지 않기 위해

서였다. 사촌들이 몬트리올과 셔브룩*에서 10년 동안 공부한 뒤 엔지니어가 될 수 있었던 것은 아마도 그런 순수함 덕분이었을 것이다.

사촌들을 셔브룩 대학교까지 태워
주고 돌아오다가 주유소에 들렀을 때, 베트남 남자 하
나가 다가왔다. 내 몸에 남아 있는 예방접종 흉터가 그
의 눈길을 끈 것이다. 그 흉터만 보고도 그는 시간을 거
슬러 흑판*을 끼고 흙길을 걸어 학교를 다니던 어린 시
절의 자기 모습을 떠올렸다. 그 흉터만 보고도 그는 새
해맞이로 집집마다 문 앞에 걸어두던 노란 매화꽃 가지
를 떠올렸다.† 그 흉터만 보고도 그는 흙그릇에 담아 잉
걸불에 놓고 졸이던 후추에 절인 생선의 강렬한 냄새를
떠올렸다. 그 상처만으로 우리의 귀에는 어려서 벌 받
을 때 우리의 엉덩이로 향하던 어린 대나무 줄기가 허
공을 가르는 소리가 들렸다. 그 상처만으로 우리의 뿌
리, 눈 덮인 땅으로 옮겨 심긴 열대의 뿌리가 다시 솟아
올랐다. 한순간에 우리는 반은 이쪽이고 반은 저쪽인,
아무것도 아니면서 동시에 전체인 우리의 양면성을, 혼
종 상태를 자각했다. 고속도로 출구 주유소의 휘발유

---

* 작은 백묵으로 쓰는 흑판으로, 옛날 학교에서 공책 대신 사용했다.
† 베트남의 구정 풍습 중 하나로서 행운을 상징하는 꽃(남부는 노란색
   매화꽃, 북부는 붉은 복숭아꽃)으로 집을 장식한다.

주유기 두 개 사이에서, 살갗에 나 있는 표시 하나로 우리가 공유하는 역사가 펼쳐졌다. 그의 흉터는 검푸른 용 문신으로 가려 있어서 볼 수 없었다. 하지만 그대로 드러낸 내 흉터에 그의 손가락이 스칠 때, 그의 다른 손에 잡힌 내 손가락이 용의 등에 가 닿을 때, 그것은 공모의 순간, 하나가 되는 순간이었다.

흩어져 살던 대가족이 85세를 맞은 할머니를 위해 업스테이트 뉴욕*에 모였을 때 역시 하나가 되는 순간이었다. 서른여덟 명이 이틀 동안 쉬지 않고 수다를 떨고, 웃고 장난을 치며 즐겼다. 그때 나는 처음으로 내가 여섯째 이모처럼 엉덩이가 볼록하다는 것을, 여덟째 이모와 비슷한 옷을 즐겨 입는다는 사실을 깨달았다.

여덟째 이모는 나에게 언니와 같다. 내 어머니 몰래 이모가 어떤 남자의 자전거 탑튜브에 올라앉았을 때, 이모를 팔에 안은 그 남자가 이모 귀에 대고 '여신'이라고 속삭였을 때 어떤 전율을 느꼈는지 이모는 나에게 말해주었다. 스쳐가는 욕망, 이내 사라져버리는 달콤한 말들, 훔쳐온 순간을 어떻게 놓치지 않고 맛볼 수 있는지도 알려주었다.

사오 마이의 두 아들이 사진을 찍을 때 내 뒤에 앉은 그녀가 두 팔로 나를 감싸 안자, 아홉째 삼촌이 미소를 지었다. 삼촌은 나보다 더 나를 잘 알았다. 내가 처음

---

* 　뉴욕주 중에서 남쪽에 위치한 뉴욕시와 교외를 제외한 지역.

읽은 소설책을 사준 것도, 연극표와 미술관 입장권을
사준 것도, 내 첫 여행의 경비를 대준 것도 아홉째 삼촌
이었다.

　　　　사오 마이는 새로 온 공산당 간부들
에게 생일 케이크를 만들어 파느라 달걀을 수없이 휘저
어야 했지만(사이공에서는 일주일에 닷새는 전기가 부족
했다), 지금은 훌륭한 사업가가 되었다. 이제 사오 마이
는 모두가 다 아는 인물, 현대의 여왕이다. 사오 마이는
자전거를 타고 오토바이들이 내뿜는 검은 연기를 피해,
또 누군가가 뚜껑을 훔쳐가 버린 하수구를 피해 마치 줄
타는 곡예사처럼 다른 자전거들 틈새로 요리조리 지나
다니며 케이크를 배달해야 했다. 그러나 지금은 케이크
말고도 아이스크림과 과자, 초콜릿, 커피까지 사오 마이
의 제품들이 남쪽에서 북쪽까지 베트남 대도시의 모든
동네로 팔려 나간다.

여전히 나는 사오 마이의 그림자다. 나는 사오 마이의 그림자라서 좋다. 베트남에 머무는 동안 나는 사오 마이가 거래하는 테이블에 같이 앉는다. 그녀가 고민하는 동안 상대편의 주의를 돌리기 위해 춤추는 그림자가 된다. 내가 자기 그림자였기에 사오 마이는 나에게 불안, 두려움, 의혹을 털어놓았다. 나는 사오 마이의 그림자로서 그녀의 사생활에 발을 들여놓을 수 있는 유일한 사람이었다. 처음에 사오 마이는 자기 집 맞은편 길에서 오래된 빵을 태워 빻아 만든 '커피'를 팔았다. 집과 함께 창문들이 팔려 나간 그때부터 사오 마이의 사생활은 밀폐되어 아무도 들여다볼 수 없게 되었다. 나는 육중한 벽처럼 버티고 선 그녀의 겉모습 뒤에서 스스로도 모두 사라졌다고 믿던 열정을 찾아내 허락 없이 다시 불을 붙였다. 그리고 그녀의 삶 속에 경박한 즐거움의 씨앗도 다시 뿌렸다. 나는 사오 마이의 아이들에게 내 방 테라스에서 크림 파이를 던지며 놀게 해주었고, 잠에서 깨어난 사오 마이의 생일을 축하해주기 위해 파티 색종이 조각이 가득 담긴 판지 상자를 문 앞에 놓아두었고, 그녀가 서명해야 할 서류철 안에 붉은 가죽으로 만든 끈 팬티를 넣어두었다.

나는 시가 라운지에 있는 붉은 가죽
소파를 좋아한다. 그 소파에 앉아 친구들에게, 때로는
모르는 사람들에게 나의 맨몸을 드러낸다. 물론 듣는
사람은 그것이 내 이야기라는 사실을 알지 못한다. 나
는 내가 살아온 나날의 조각들을 대수롭지 않은 이야
기처럼, 혹은 어느 익살꾼이 지어낸 재미있는 이야기처
럼, 혹은 이국적인 배경 속에서 색다른 소리가 들리고
기이한 인물들이 살고 있는 먼 나라의 이상한 이야기
인 양 말한다. 담배 연기 가득한 라운지에 앉아 있는 동
안 나는 나 자신이 알코올 분해효소가 없는 아시아인에
속한다는 사실을 잊는다. 이누이트들처럼, 나의 아들들
처럼, 동양의 피가 흐르는 모든 사람처럼 엉덩이에 푸
른 반점을 가지고 태어났다는 사실을 잊는다. 몽고반점
은 어린아이일 때 사라지기 때문에, 나의 유전적 기억
을 드러내는 그 흔적을 나는 잊는다. 그리고 나의 정서
적 기억은 그로부터 떨어져 나와 흐려지고, 흩어지고,
뒤섞인다.

그렇게 멀어졌기에, 떨어져 나왔기에, 유전적 기억과 정서적 기억 사이에 놓인 거리 덕분에 나는 내가 태어난 곳에서라면 다섯 식구가 1년 동안 먹고살 수 있을 만한 돈을 내고, 전부 다 알면서도 아무런 가책 없이 산다. "유 윌 워크 온 에어You'll walk on air." 상인이 장담하면 나는 그냥 산다. 정말로 하늘을 떠다닐 수 있고 우리의 뿌리에서 빠져나올 수 있게 되었을 때(그러기 위해 필요한 것은 대양 하나와 대륙 두 곳을 지나는 일이 아니라 신분 없는 무국적자 난민 상태를 벗어나는 일이다), 우리는 다이아몬드를 숨겼던, 생존 배낭과도 같았던 아크릴 팔찌의 운명에 대해 초연할 수 있게 되었다. 바닷물에 빠지지도 않고 해적도 피하고 이질에서도 살아남은 그 틀니 잇몸 색깔의 팔찌가 원래 모습 그대로 어느 쓰레기장엔가 묻혀 있다면 믿을 사람이 있을까? 우리가 살던 그런 초라한 아파트에도 누군가 물건을 훔치러 들어왔다면, 분홍색 플라스틱으로 만든 그런 보잘것없는 팔찌까지 들고 갔다면 믿을 사람이 있을까? 우리 식구들은 훔쳐간 물건을 정리하던 도둑이 그 팔찌를 일찌감치 내던졌을 거라고 믿고 있다. 어쩌면 언젠가 수천 년이 흐른 뒤에, 다이아몬드들이 어째서 이렇게 땅 속에 원을 그리며 묻혀 있는지 의아해할 고고학자가 나올지도 모른다. 그 학자는 다이아몬드들이 종교 제의와 관련된 것이라고, 동남아시아 바다 밑에서 발견된 엄청난 양의 금들과 마찬가지로 신비스러운 제물이었다고 해석할지도 모른다.

흙 속에서 아크릴이 분해되고 나면, 수천 년이 흐르고 수백 개의 지층이 쌓이고 나면, 분홍색 팔찌의 진짜 이야기는 그 누구도 알 수 없게 될 것이다. 이미 나부터도 겨우 30년밖에 안 지난 지금 우리의 모습을 단편적으로, 흉터들로, 섬광으로 알아볼 뿐이다.

사오 마이는 30년 만에 재에서 부활하는 불사조처럼 다시 솟아올랐다. 베트남 역시 철의 장막에서 벗어났고, 부모님도 학교 변기 청소 일에서 벗어났다. 나의 과거를 이루던 사람들이, 그 하나하나가, 그 전체가 등에 겹겹이 쌓인 때를 벗겨내고 날개를 펼쳤다. 붉은색과 황금색 깃털의 날개를 펴고 푸른 하늘로 힘차게 날아오른 그들은 하나의 지평선 뒤에는 늘 다른 지평선이 숨어 있음을 보여주며 내 아이들의 하늘을 장식했다. 무한에 이르기까지, 형언하기 힘들 만큼 아름다운 모습으로 다시 새로워질 때까지, 무게를 벗어던진 황홀경에 이를 때까지 그렇게 이어졌다. 나에게는 이 책이 가능한 자리까지, 내가 쓴 말들이 당신들의 입술 위에 미끄러지는 순간까지, 이 하얀 종이들이 내가 지나온 자국을 담아낼 때까지, 내 앞에서 나를 위해 걸어간 사람들의 자국을 담아낼 때까지 이어졌다. 나는 마치 백일몽을 꾸듯 그 발자국을 따라갔다. 그 백일몽 속에서 내가 맡은 모란꽃 향기는 그저 향기가 아니라 세상이 환하게 피어나는 순간이다. 가을 단풍잎의 짙게 물든 붉은색은 그저 색이 아니라 은총이다. 그리고 그 꿈속에서 내가 있는 나라는 그저 장소가 아니라 자장가다.

그리고 그 꿈속에서 사람들이 내게 내밀어주는 손은 그저 몸짓이 아니라 사랑의 순간이다. 내가 잠들 때까지, 잠에서 깨어날 때까지, 매일의 일상으로 이어진 사랑의 순간.

옮긴이의 말

루 ru, 흘러내린 '눈물과 피'에 바치는 '자장가'

킴 투이는 베트남 전쟁의 향방을 가르는 전환점이 된
1968년 구정 대공세 동안에 사이공에서 태어났고, 열
살 때 가족과 함께 '보트피플'로 베트남을 떠나 말레이
시아 난민 수용소를 거쳐 퀘벡에 정착했다. 이 간략한
이력만으로도 독자들은 『루』의 화자이자 주인공인 응
우옌 안 띤과 저자 킴 투이의 관계를 짐작할 수 있을 것
이다. 킴 투이의 첫 소설 『루』는 등장인물들의 이름이
바뀌기는 했지만 전체적으로 사이공 – 말레이시아 – 퀘
벡으로 이어지는 30년 동안 저자가 겪은 체험을 바탕으
로 한다. 물론 실제와 다른 부분도 있을 터인데, 실제로
소설의 첫 문장부터 그렇다. 1968년 1월 30일 구정을
기해 시작된 북베트남의 대공세가 막바지에 접어든 9월

에 태어난 저자 킴 투이와 달리, 주인공 응우옌 안 띤은 대공세가 시작된 구정 연휴 동안에 태어났다. 이야기의 '자전적 진실'을 약화시킬 수도 있을 이러한 변조는 새로 시작하는 한 해의 안녕을 비는 폭죽들과 죽음을 싣고 날아가는 포탄들이 같은 하늘을 밝히는 운명의 아이러니를 강조하기 위해서였을 것이다.

하지만 이 소설에서 어디까지가 저자의 실제 체험인지 확인하는 것 자체가 무의미한 일일지도 모른다. 킴 투이 스스로 한 인터뷰에서 밝힌 대로, 선창에 끼어 앉아 "끝없이 펼쳐진 망망대해"에서 "100개의 얼굴을 지닌 괴물"과 싸우며 시암만을 건너온, 이글거리는 태양 아래 "200명을 위해 준비된 수용소를 가득 채운 2,000명의 난민" 틈에서 버텨낸, 그리고 조건 없이 손을 내밀어준 "너무도 하얗고 너무도 순결한" 눈[雪]의 나라에 새로 뿌리를 내린 과정은 저자 자신만의 것이 아니라 동시대를 살아낸 수많은 베트남인이 공유한 경험이기 때문이다. 『루』는 저자가 직접 겪은 혹은 전해 들은 모든 일을 그녀의 기억과 상상력을 통해 엮어 짠 한 편의 이야기다.

프랑스 식민지였던 베트남의 상류층으로 프랑스어에 익숙했던 킴 투이의 부모는 난민 수용소에서 이주지로 퀘벡을 선택했고, 어린 킴 투이는 퀘벡의 학교에서 프랑스어를 익히기 시작한다. 대학에서 번역학, 법학을 전공한 뒤 변호사로 일하면서 킴 투이는 베트남 땅을 다시 밟았지만, 그렇게 머문 몇 년은 고향에 돌아왔다는 감격에 젖기보다는 절반의 이방인으로 자신의 뿌리를 바라보는 계기가 된다. 이후 변호사 일을 그만두고 퀘벡에서 레스토랑을 운영하면서 베트남 음식을 소개하는 요리 연구가로도 활동했다. 또한 이 책에 나오는 앙리처럼 자폐아인 둘째 아들을 위해서 자폐아와 관련된 사회활동에도 적극적으로 참여했다.

그러는 동안 문학을 사랑하던 킴 투이는(그녀가 가장 좋아하는 작가는 사이공에서 유년기를 보낸 프랑스 작가 마르그리트 뒤라스였다) 틈날 때마다 떠오르는 지난 일들을 제2의 모국어가 된 프랑스어로 써나갔고, 그렇게 마흔 살이 되던 2009년에 첫 소설 『루*ru*』를 세상에 내놓았다. 얇지만 강렬한 책 『루』는 출간되자마자 퀘벡과 프랑스에서 베스트셀러가 되고 지금까지 20여 가지 언어로 번역되었다. 2010년 '캐나다 총독상'과 파리 도서전의 '에르테엘-리르 대상'을 받았고, 2012년에는 캐나다에서 가장 권위 있는 문학상인 길러 상 최종 후보에 올랐다. 오랫동안 응축되어 있던 글쓰기의 욕망은 『루』 이후 연달아 출간된 『만*mãn*』(2013)과 『비*vi*』(2016)를 낳는다. 『루』의 안 띠엔과 마찬가지로 저자의 분신이라 할 수 있는 베트남 두 여인('만'과 '비'는 책 제목이자 주인공의 이름이다)의 삶이 독자들을 매료시키면서, 킴 투이는 세계무대에서 퀘벡을 대표하는 작가로 꼽히게 되었다. 심사위원을 둘러싼 추문으로 취소된 2018년 노벨문학상을 대신한 뉴 아카데미 문학상에서 루이즈 콩데, 무라카미 하루키, 닐 게이먼과 함께 최종 후보로 오르기도 했다.

『루』는 '평온함'을 뜻하는 안 떤이라는 이름을 가진 여자의 이야기이고 베트남의 이야기다. 이 책에 등장하는 베트남은 여러 모습을 지닌다. 작가의 유년기 기억 속 베트남은 우선 자유와 풍요로움의 땅이다. 남자들은 테니스클럽에 모여 "마들렌을 먹으면서 프루스트 이야기"를 했고 여자들은 요리사들과 하녀들을 거느리고 파리의 고급 의상을 주문해 입던 그 삶은 식민통치 시절에는 프랑스의 그늘에, 독립 이후 분단 시절에는 미국의 그늘에 안주한 대가로 얻어낸 풍요로운 삶이다. 그리고 어느 날 탱크를 앞세워 들이닥친 북베트남 군인들에게 빼앗긴 삶이 된다. 하지만 동시에 그 삶은 북베트남 젊은이들이 정글에서 "헬리콥터 소리와 포탄 소리 속에서 말라리아에 시달리는 밤"을 보내며 젊음을 바치게 만든 삶이다. 두 베트남의 갈등은 북베트남이 승리한 뒤 역설적으로 평화 속에 찾아온 또 다른 전쟁으로 이어진다. 한편에는 오랫동안 폐쇄된 사회를 살아온 탓에 "역사의 증오가 진을 치고 결연하게 새겨진 뺨" 위로 흐르는 눈물을 감당할 수 없는 이들이 있고, 다른 한편에는 교화소에서 사상 재교육을 받으며 죽어간 이들, 그 시련을 피하기 위해 동남아시아 바닷속에 가라앉을 위험을 무릅쓰고 고국을 떠난 이들이 있다.

그리고 이 모든 것이 무기를 들고 역사의 전면에 나선 이들의 이야기라면, 역사 속에 분명하게 기록된 그 이야기들에게 가려진, 침묵 속에 흘러간 이야기들이 있다. 그것은 전쟁터에 나간 남편과 아들, 아버지와 오빠를 대신해서 땅과 집을 지켜내야 했던 베트남 여인들의 이야기다. 킴 투이는 바로 그 이야기들에 귀를 기울인다. 그녀의 눈에 온종일 논에서 일하느라 하늘을 본 적이 없어 등이 굽어버린 늙은 여자들이 젊어진 것은 바로 베트남의 역사다. 밤새 만든 음식을 분유 깡통에 담아 품에 안고서 생사를 알 수 없는 남편을 찾아 사상 교화소로 향하던 아내들, 여린 살갗과 미소로 "퇴폐적 유흥"에 몸을 내맡겨야만 했던 딸들도 있다. 그리고 베트남인들과 다른 "밀크커피 빛깔의 피부"를 가지고서 도 '고향'으로 돌아갈 날을 기다리며 뉴욕 브롱스의 거리를 배회하던 "전쟁의 감춰진 얼굴"들도 있다. 베트남에 남아 "재에서 부활하는 불사조처럼" 되살아난 사오마이의 삶은 그 여인들의 대척점이 아니라 그 여인들이 모두 함께 이루어낸 삶이다. 그래서 그녀는 북미대륙으로 옮겨가 아메리칸드림을 이룩한 다른 베트남 여자들보다 더 아름답다.

『루』는 퀘벡에 뿌리내린 킴 투이가 긴 전쟁이 끝난 후 다시 세계로 문을 연 베트남을 바라보며 자신의 삶을 회고한 '이주'의 역사―이야기다. 이주문학으로 서 『루』의 특징은 무엇보다 같은 장르의 작품들에서 흔히 발견되는 분위기와 전혀 다른 '평온함'이다(주인공의 이름이 '안 띤'인 것은 우연이 아닐 것이다). 보통의 디아스포라 이야기들이 잃어버린 과거의 땅에 대한 향수와 영원히 주변부에 머물러야 하는 현재의 땅에서 겪는 소외감 사이에서 겪는 정체성의 혼란을 담고 있는 것과 달리, 『루』의 주인공은 두 조국 사이에서 오히려 실존의 슬픔을 이겨낼 힘을 얻는 것처럼 보인다. 물론 그것은 또 다른 '어머니의 나라' 퀘벡 덕분에 가능해진 일이다. 퀘벡의 작은 도시 그랜비는 "미숙아로 태어난 아이를 돌보는 어머니 같은 정성"으로 그들을 품어주었고, 그 포근한 너그러움으로 '살이 찐' 이주민들은 "새로운 지평선"을 바라볼 힘을 얻게 된 것이다. 그들에게 그랜비는 지나간 고통을 달래주는 자장가였다. 그것이 프랑스어로 실개천을 뜻하고 눈물이나 피의 흐름을 환기하는, 베트남어로는 '자장가'를 뜻하는 'ru'라는 이 책의 제목에 담긴 의미다.

역으로, 떠나온 아열대의 나라 베트남의 기억 역시 "눈 덮인 땅으로 옮겨 심긴" 이들에게 삶의 고단함을 달래주는 자장가가 된다. 이민자들이 모여 살던 몬트리올 코트데네주, 프랑스어로 눈이 내리는 곳을 뜻하는 그 거리에서 킴 투이가 운영하던 레스토랑의 이름은 '루

드 남Ru de Nam'이었다. '남쪽'을 뜻하는 베트남어와 연결된 '루'는 그녀의 레스토랑이 남쪽 나라에서 흘러온 '실개천'이며 베트남이 불러주는 '자장가'라는 서정적 의미를 담고 있다.

　　"동포들에게Aux gens du pays"라는 『루』의 헌사 역시 이러한 '이중의 정체성'을 잘 드러낸다. 한 나라 혹은 지방의 사람들을 뜻하는 프랑스어 'gens du pays'는 우선 저자가 떠나온 모국을 바라보며 쓴 책이라는 점에서 베트남에 남아 버려낸 동포들, 나아가 함께 바다를 건너 북미 대륙에 이주한 동포들을 말할 것이다. 하지만 'gens du pays'가 캐나다 내에서 유일한 프랑스어권으로 자신들만의 공동체를 유지하고 있는 퀘벡에서 사실상의 국가처럼 불리는 노래라는 점에서, 이 헌사는 저절로 퀘벡을 환기한다. 킴 투이에게는 '양쪽 모두가 '동포'인 것이다. 그녀에게는 "유전적 기억"과 "정서적 기억"이 충돌하기보다는 서로를 보완한다. 킴 투이는 베트남인도 퀘벡인도 되지 못한 것이 아니라, 베트남이면서 퀘벡인이다.

　　'동포들'에게 '자장가'를 들려주는 화자의 목소리

는 조용한 속삭임이다. 1인칭 서술로 이어지는 무거운 실존의 이야기는 하늘에 떠다니는 깃털 같은 가벼움 속에 녹아들어 있고, 그렇게 "인생이라는 싸움에서는 슬퍼하면 진다"라는 책 속에 등장하는 베트남 속담 그대로 운명을 조용히 감내하지만 그 수동적 고요함 속에 강한 힘을 갖는 삶들이 그려진다. 고통스러운 과거는 늘 담담히 회고된다. 가장 슬픈 장면들은 그 슬픔과 거리를 둔 무심한 다른 경치 속에 주어진다. "버찌 꽃잎처럼" 아름답게 붉은 구정 축제의 폭죽 잔해는 "베트남 도시와 마을 곳곳에 흩뿌려진 200만 병사의 피처럼" 붉게 땅을 물들인다. 처형된 아들의 시신을 거두는 어머니의 고통 곁에서 논에서 벼들은 "살랑거리는 미풍에 몸을 내맡긴 채" 무심하게 흔들릴 뿐이다. 심지어 화자는 말레이시아의 난민 수용소에서 세웠던 허술하기 그지없는 오두막을 "미술관에 전시된 현대 예술가의 설치작품"에 비유하며 고통을 유머로 승화시킨다. 사이공 부잣집의 서랍장 안에서 처음 본 프랑스산 브래지어를 두고 고향의 어머니가 커피를 팔 때 쓰던 필터밖에 떠올리지 못하는, 수세식 변기의 물에 물고기를 보관했다가 빼앗기고 화가 난 북베트남 출신 젊은 감독관들의 일화는 웃음보다는 연민과 슬픔을 자아낸다.

30년 세월을 아우르는 이 모든 이야기는 시간적 순서와 무관하게, 화자의 생각과 기억의 흐름을 따라 짧은 단장들로 주어진다(대부분 한두 페이지를 넘지 않고, 몇 줄밖에 안 될 때도 있다). 그리고 하나의 끝이 다른 하나의 시작을 부르는 방식으로, 다시 말해 한 가지를 이야기하다가 주변적인 요소로 슬그머니 환기되는 것들이 다른 사유를 불러들여 다음 단장의 소재를 이루는 방식을 통해 그 단장들은 흡사 이음줄로 연결된 악절들처럼 부드럽게 이어진다(단장 간의 연결뿐 아니라 때로는 한 단장 내의 문단, 한 문단 내의 문장에서도 그대로 적용된다). 하나의 물줄기에 얽매이지 않고 "봄날의 나비처럼 운동장에서 쏟아져 나오는 하얀색 아오자이의 행렬"을 닮은 실개천들이 그렇게 이어져 하나의 선율을 이룰 때, 『루』는 질곡의 세월을 함께 보낸 킴 투이와 그녀의 '동포'들이 독자들에게 들려주는 자장가가 된다.

윤 진

206